Moritz Keller
13,5 Jahre
Der Beste in: Fußball
Oberchef-Assistent 1, Abt. Draufhauen

Lynn Galbani
12 Jahre
Hasst: Technik
Chef-Rebellin

W0038902

Thomas Breitstetter
13 Jahre
Der Beste in: Fußball,
Chicks checken
Oberchef

Alba Langhans
13 Jahre
Die Beste in: Albert ärgern
Chefin der Mädchen

Jonathan Keller
12 Jahre
Würde alles tun für: Alba
Oberchef-Assistent 2, Abt. Foulspiel

Anja Janotta

Der Theoretikerclub und die Weltherrschaft

Anja Janotta

DER Theoretiker CLUB
und die Weltherrschaft

Mit Illustrationen und einem Daumenkino
von Vera Schmidt

 Dieses Buch ist auch als E-Book erhältlich.

MIX
Papier aus verantwor-
tungsvollen Quellen
FSC® C014496

Verlagsgruppe Random House FSC® N001967

1. Auflage 2017
© 2017 cbt Kinder- und Jugendbuchverlag
in der Verlagsgruppe Random House GmbH,
Neumarkter Str. 28, 81673 München
Alle Rechte vorbehalten
Illustrationen und Daumenkino von Vera Schmidt
Umschlaggestaltung: Geviert Grafik & Typografie
Umschlagillustration: Vera Schmidt
TP · Herstellung: uk
Satz: KompetenzCenter, Mönchengladbach
Druck und Bindung: GGP Media GmbH, Pößneck
ISBN 978-3-570-16469-3
Printed in Germany

www.cbt-buecher.de
Mehr zu cbt auf Instagram @hey_reader

Für Jonas

Inhalt

Kapitel 1

#götterdämmerung

www.theoretikerclub.de/blog/chat

Roman, 13.9., 16:12

Der ganze Theoretikerclub ist in drei Teile geteilt, von denen der eine Linus genannt wird, der zweite Albert und der dritte in seiner eigenen Sprache Roman, in unserer Sprache aber Benjamin heißt.

Albert, 13.9., 16:25

Was soll jetzt der Scheiß?

Roman, 13.9., 16:27

Ich dachte, wir müssen mit diesem Blog mal endlich ein höheres literarisches Niveau erreichen, wenn wir ihn für die Nachwelt dokumentieren wollen.

Linus, 13.9., 16:29

Und dann kupferst du aus-
gerechnet bei Cäsars

»Gallischem Krieg« ab? Gibt's da nix Bessres? Etwas,
was ein bisschen epischer klingt? Mehr so nach Weltherrschaft?

Roman, 13.9., 16:30

Also wenn nicht Cäsar episch und weltherrschaftlich ist,
dann möchte ich mal wissen, wer sonst …

Knut, 13.9., 16:31

Der ganze Theoretikerclub? Könnt ihr eigentlich nicht zählen?
Wir sind 4, VIER Theoretiker. Oder zähle ich nicht mehr dazu,
nur weil ich drei Jahre jünger bin? Oder was?

Linus, 13.9., 16:33

@Knut: Du bist auf Bewährung, hast du das vergessen?
Wegen des gelöschten Blogs und so …

Knut, 13.9., 16:33

#oberfies. Das ist doch jetzt schon ewig lange her.

www.theoretikerclub.de/blog/chat
Linus, 14.9., 15:03

#oberkackemistelendiger. NOTFALLSITZUNG. 17:15 MEZ.
Bei mir.

Nach dieser dringenden Blog-Nachricht hatte Knut gedacht, Linus
würde die Theoretiker schon ungeduldig erwarten. Aber nichts der-
gleichen. Linus' Mutter öffnete Knut die Tür, während Linus selbst
noch auf dem roten Sofa lümmelte und eine angeregte Unterhaltung
führte. Nicht mit einem Menschen, nein. Sondern mit der Sprachassistentin seines Smartphones.

»Wie erreiche ich die Weltherrschaft?«, fragte er gerade in dem

Moment, als neben Knut noch Albert und Roman im Wohnzimmer auftauchten.

Der vergangene Sommer hatte auf Linus' nerdblasser Haut keine nennenswerten Spuren hinterlassen, der letzte Friseurbesuch war wohl mehr als ein Weilchen her, denn seine dunklen Haare standen noch ungestümer ab als sonst, und im Mundwinkel klebte irgendein roter Speiserest.

Knut fand, dass der große Meister nicht gerade nach Weltherrscher aussah, aber die Sprachassistentin nahm ihm ohnehin die Antwort ab: »Ich habe keine Orte mit Weltherrschaft gefunden.«

Während Roman nur mühsam ein Kichern unterdrückte, fragte Linus unbeirrt weiter: »Glaubst du, ich wäre ein guter Weltherrscher?«

Geschickt wich die Assistentin aus: »Es tut mir leid. Ich fürchte, ich kann das nicht beantworten.«

»Okay, ich frage anders«, sagte Linus. »Bin ich schlau genug für einen Weltherrscher?«

Auch hier ließ sie sich auf keine konkrete Aussage festnageln: »Kein Kommentar.«

»Okay, noch mal anders: Welche Eigenschaften braucht ein Weltherrscher?«, fragte Linus.

Die Antwort kam prompt: »Ich habe das hier im Internet gefunden!«

Albert linste ihm über die Schulter: »Guck mal, die Handytussi liefert dir einen Link zu ›Welche Eigenschaften braucht ein Suppenhuhn?‹ Mann, ist die blöd.«

»Ähem«, räusperte sich

Knut. »Ich bin mir nicht sicher, ob ich das richtig verstanden habe«, quatschte die blecherne Antwort dazwischen.

»Ähem«, machte Knut noch einmal. »Ähem.«

Es wirkte. Linus blickte kurz vom Smartphone auf und Knut an. »Ja?«, fragte er gedehnt (und das klang fast auch schon ein bisschen blechern, fand Knut).

»Ich dachte«, sagte Knut, »das hier ist eine Notfallsitzung.«

Widerwillig erhob sich Linus vom Sofa.

»Nun ja«, begann er, während er die Theoretiker in sein Zimmer führte, »ich habe euch in der Tat zu einer Notfallsitzung herbestellt. Es gibt anhaltende Probleme mit meinem Geocache.«

»Hä?«, fragte Knut.

»Mit dem Theoretikerclub-Geocache, den ich vor Knuts Haustür an der Anschlagtafel von der Gemeinde versteckt habe. Er wurde schon wieder geklaut.«

»Ist doch nichts Neues«, meinte Albert. »Das wie vielte Mal ist der jetzt weg?«

»Das siebenundzwanzigste Mal.«

»Upsi.«

»Sieht mir ja nicht nach Notfall aus. Eher nach Normalfall«, grummelte Roman.

»Verstehst du das nicht?«, ereiferte sich Linus. »Das trägt ganz klar die Handschrift von Thomas, Jonathan und Moritz! Die haben die ganzen Caches geklaut.«

»Ist auch nichts Neues. Klar, dass die Krawallheinze dahinterstecken«, meinte Albert und streckte sich mit seiner Überlänge ganz auf Linus' Bett aus, das sogar noch verstrubbelter war als Linus' Frisur.

»Doch, es ist neu«, widersprach ihm Linus. »Es hat eine andere Qualität bekommen. Früher haben sie den Cache alle ein bis zwei Wochen geklaut. Mittlerweile sind wir bei einer Frequenz von beinahe täglich.«

»Echt? Du hast jedes Mal eine neue Tupperdose dafür gekauft? – Das geht ja ins Geld!«, wunderte sich Roman und schob sich professorenhaft seine rote Brille die Nase hoch.

»Das ist immer noch günstiger und vor allem zeitsparender, als den Schatz bei allen Geocache-Portalen wieder abzumelden.«

»Selbst bei 27 neuen Tupperdosen? Das sind bestimmt 27 mal 30 Minuten, wenn du immer wieder eine neue kaufst«, fragte Knut ungläubig. »Macht zwölf Stunden und ein paar Zerquetschte.« So manches Mal hegte er den Verdacht, dass er selbst der einzig praktisch Denkende innerhalb dieses Theoretiker-Zirkels war.

»Ein paar hat ja auch meine Mutter gekauft. So lange jedenfalls, bis ihr der Kragen geplatzt ist wegen der vielen vergessenen Pausenbrotdosen«, erzählte Linus. »Egal jetzt: Fest steht, der Geocache-Klau ist kein Einzelfall. Fest steht, dass unser alter Friedensvertrag nicht mehr gilt. Thomas und Konsorten haben den Frieden ein paar Mal zu oft gebrochen.«

»Stimmt doch gar nicht«, unterbrachen Albert und Roman gleichzeitig.

»Ist doch gar nicht UNSER Friedensvertrag. Den haben doch meine Nichtsnutzschwester Alba und ihre Freundinnen ausgeheckt. Und wir alle haben ihn nur gezwungenermaßen unterschrieben, wenn du dich richtig erinnerst«, ergänzte Albert.

Und Roman sagte: »Wie jetzt – ein paar Mal zu oft gebrochen? Wann haben Thomas und seine Kumpanen *jemals* den Friedensvertrag eingehalten?«

»Egal wie«, übertönte Linus sie alle. »Wir brauchen neue Verhandlungen. Sonst können wir hier niemals gedeihlich zusammenleben und nicht mehr unserer wichtigsten Aufgabe nachgehen, unserem Lebenswerk: Dem Ausbau unserer intellektuellen Fähigkeiten ... auf dem Weg zur Weltherrschaft.«

Mit einem Gluckser entwand Albert Linus das Smartphone, das er immer noch in den Händen hielt, und dann hatte er auch schon seine Frage ins Mikro gekräht: »Wie zwinge ich jemanden zu Friedensverhandlungen?«

Aber während die Assistentin nur ein paar Links präsentierte, die sie im Netz gefunden hatte, nahm Linus sein Handy wieder an sich. »Diese Frage bringt nichts. Die zeigt einem nur Ergebnisse zu ›Wie bringe ich jemanden dazu, sich in mich zu verlieben‹? Habe ich auch schon versucht.«

»Och«, machte Roman »das wäre doch auch ganz hilfr...«

»Dieser Exkurs führt uns nicht weiter«, fuhr Linus Roman über den Mund. »Ich habe mich bereits umfangreich eingelesen. Mein theoretisches Wissen über erfolgreiche Verhandlungsführung sucht seinesgleichen«, brüstete sich der Obertheoretiker. Gleich würde er zu einem seiner endlosen Oberlehrervorträge anheben.

Es wurde höchste Zeit für Knut, ihn abzulenken und etwas zu fragen. Etwas Praktischeres. Etwas wie: »Und wie sollen wir sie alle zum Verhandeln bringen? Thomas, Moritz und Jonathan, Alba, Flora und Lynn? Sie alle?«

www.theoretikerclub.de/blog/chat

Linus, 15.9., 07:01

Weil mich einige meiner überaus skeptischen Theoretiker-Kollegen danach gefragt haben, habe ich nun einen Detailplan verfasst. Den könnt ihr in /dokumentation einsehen.

www.theoretikerclub.de/blog/dokumentation

Beitrag von Linus, 15.9., 6:41

Plan zur Erreichung von bilateralen Friedensverhandlungen mit TJM (Thomas, Jonathan, Moritz) und AFL (Alba, Flora, Lynn)

Generelle Überlegungen:

Weil die Widersacher den Theoretikern immer noch zahlenmäßig überlegen sind, brauchen wir Einzelverhandlungen mit den jeweiligen Wortführern unserer Gegner. Also Alba. Und Thomas.

1. Teilplan: Alba

- Kurzfristiges Entleihen von Albas Smartphone
- Entfernen des Akkus
- Smartphone wieder an den Ursprungsort zurücklegen (ausführender Theoretiker: Albert)
- Sobald Alba das kaputte Handy bemerkt, rät ihr der ausführende Theoretiker (Albert) zu einem Besuch beim »Handy«-Experten (= Linus).

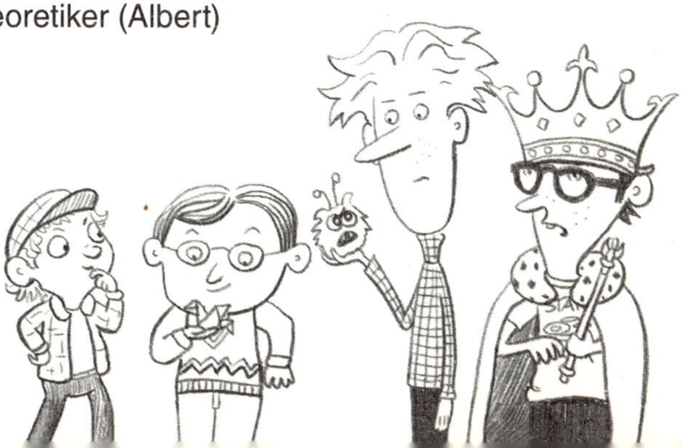

- Verhandlungen der Theoretiker mit Alba werden vor Ort bei Linus eingeleitet.
(Verhandlungsführer: Linus)

Mögliche Schwierigkeiten:
- Alba entdeckt das kaputte Handy zu spät. Die Wahrscheinlichkeit liegt unter fünf Prozent und ist deshalb zu vernachlässigen.
- Alba will einen anderen Handy-Experten aufsuchen. Wegen mangelnder Alternativen liegt die Wahrscheinlichkeit bei weit unter fünf Prozent.

2. Teilplan: Thomas
- Entwenden des Longboards von Thomas. Dieses wird gewöhnlich im Garten aufbewahrt, zugänglich über den Zaun an der Rückseite. (Ausführende Theoretiker: Roman und Knut)
- Platzieren eines Briefes: »Wir haben eine Geisel. Komme am 18.9. um 17 Uhr zum Spielplatz. Dort wirst du zu Friedensverhandlungen erwartet. Komme allein, sonst erleidet die Geisel ein elendes Schicksal.«
- Verhandlungen der Theoretiker mit Thomas werden vor Ort eingeleitet.
(Verhandlungsführer: Linus)

Mögliche Schwierigkeiten:
- Es besteht das Restrisiko eines Widerstands bei Thomas. Gegenmaßnahme: Druckerhöhen. Da bei normalen Entfüh-

rungen in der Regel persönliche Gegenstände der Geisel den Erpresserschreiben beigefügt werden (beispielsweise Eheringe, abgeschnittene Finger oder Ohren), schrauben wir eine Rolle des Longboards ab. Das unterstreicht unsere Forderungen.

- Thomas will sich prügeln. Unwahrscheinlich bei einem öffentlichen Verhandlungsort wie dem Spielplatz. Außerdem wohnt der Bürgermeister nebenan und der könnte das mitbekommen.

www.theoretikerclub.de/blog/chat

Roman, 15.9., 15:14

Ich gehe nie wieder im Garten des Bürgermeisters irgendwas klauen.

Albert, 15.9., 15:17

Äh, man kann nicht bei allen Geräten die Akkus rausnehmen. Ich weiß gar nicht, ob das bei Albas vorsintflutlichem Gerät geht.

Linus, 15.9., 15:18

@Albert: Chronischer Skeptiker. Doch, je älter desto besser. @Roman: Chronischer Feigling. Willst du nun die Weltherrschaft oder nicht? Dann musst du dafür auch gewisse Opfer auf dich nehmen.

Roman, 15.9., 15:20

Geh selber klauen, du chronischer Clown!

Albert, 15.9., 15:21

Genau. Mach's doch selber.

Knut, 15.9., 15:25

Friedensverhandlungen morgen. Bei mir. 10 Uhr. Alle kommen. Alba, Lynn und Flora. Und Thomas, Jonathan und Moritz.

#manchmalmussmandieleuteeinfachnurnettfragen.

Kapitel 2

#friedensverhandlungen

»Seid mal alle leise«, rief Knut in die versammelte Runde an seinem Esstisch. Doch ohne Effekt, außer dem, dass seine neue Babykatze, die eben noch unter seinem Stuhl gesessen hatte, einen verschreckten Satz machte und unters Sofa schoss.

»Seid mal leise«, rief Knut noch einmal. Vergebens. Alle redeten kreuz und quer aufeinander ein. Sie saßen zu zehnt versammelt um Knuts Esstisch. Eine weiße Decke lag darauf. »Weiß wie eine Friedensfahne« – darauf hatte Knut bei seiner Mama Birgit bestanden. Und ihr dazu noch Gummibärchen, Schoki, Kekse und Limo aus dem Kreuz geleiert, »als Bestechung«.

Doch bestechen ließ sich hier nun wirklich keiner. Weder Alba und ihre Freundinnen, die sich alle auf einen einzigen Stuhl am Kopfende quetschten, der gefährlich unter den drei

fuchtelnden Furien knarzte. Noch Thomas und seine Helfershelfer Jonathan und Moritz, die sich breitbeinig an der langen Seite rechts postiert hatten. Zu Knut, ihrem Gastgeber, der sich an der Stirnseite heiser krähen konnte, sahen sie nicht einmal hin. Stattdessen knufften sie sich übermütig gegenseitig. Sogar die Theoretiker an der linken langen Tischseite schienen kein Ohr für ihr jüngstes Mitglied zu haben.

Während Albert sich hoffnungslose Wortgefechte mit seiner Zwillingsschwester Alba lieferte, kämpfte Roman auf verlorenem Posten. Moritz und Jonathan hatten nämlich seine Brille geklaut. Nun hielten sie das rote Gestell so hoch über die Tischplatte, dass der nicht gerade groß gewachsene Siebtklässler wie ein Mops danach hochspringen musste, es aber dennoch nicht erreichte.

»Sieh mal«, hob Linus an und fixierte Thomas, der ihm genau gegenübersaß. »Wir wollen doch beide das Gleiche: Leben und leben lassen. Wir kommen euch nicht in die Quere. Ihr uns nicht. Da wäre es doch ganz sinnvoll, wenn alle Seiten einen Frieden einhalten ...«

Der Cheftheoretiker hätte vielleicht sogar überzeugend sein können, wenn nicht Thomas während Linus' Rede demonstrativ seine Kopfhörer aufgelassen hätte. Laute Musik drang raus. Knut stellte sich neben ihn und rupfte ärgerlich an Thomas' Kabel, sodass die Ohrstöpsel rausplumpsten.

»Hey, hier redet jemand mit dir«, sagte Knut todesmutig zu dem breitschultrigen Kerl, der aufgestanden war und nun den kleinen Viertklässler um eineinhalb Köpfe überragte.

Die Antwort kam entsprechend von oben herab: »ICH rede aber nicht mit ihm.«

»Willst du nun Frieden oder nicht?«, hakte Knut nach. Die Piepsestimme dabei hätte er gern weggezaubert.

»Nein«, dröhnte hingegen Thomas, und Linus' Kinnlade fuhr eine Etage tiefer. »Nicht, solange ich nicht der Chef bin!«

So eine #arschgeige!

Schlagartig verstummte das ganze Gekeife. Alle Augen richteten sich auf Thomas, der auf alle Anwesenden spöttisch herunterblickte. Ganz der Bürgermeistersohn, Sprecher der siebten Klasse, Chef. Gewohnt, dass er das Sagen hatte.

Herausfordernd sah sich Thomas um und jedem Einzelnen von ihnen einmal in die Augen. Sollten sie ihm doch bitte schön ins Gesicht sagen, wenn sie was dagegen hätten.

Die Theoretiker hielten dem Blick allesamt nicht lang stand. Nur Lynn muckte auf, die Letzte, die einen Chef – einen männlichen noch dazu! – über sich akzeptieren würde. Ihre roten Haare schienen drohend zu lodern. Auge in Auge starrte sie Thomas feindselig an.

»Darf ich dich an was erinnern? Du hast unterschrieben, den Damen stets zu Diensten zu sein? So viel gilt also das Wort von jemandem, der hier Chef sein will?«

»Dieser Friedensvertrag ist doch Quatsch. Den haben wir nur unterschrieben, weil du uns erpresst hast. Darf ich dich daran vielleicht erinnern?«

»Und«, kam es nun von Alba, »wer sagt eigentlich, dass du der beste Chef hier bist?« Auch sie stand auf.

Thomas' Schultern strafften sich majestätisch. »Ich bin eben der Stärkste!« Auffordernd blickte er Jonathan und Moritz an, die aber stumm blieben.

Stattdessen hatte sich Albert erhoben. Natürlich, um ihm zu widersprechen: »Stärke? In welcher Steinzeitwelt lebst du denn? Schlauheit regiert heutzutage die Welt ...«

»Schätzchen«, unterbrach ihn hochnäsig seine Zwillingsschwester, »das glaubst aber auch nur du! Heutzutage regieren Frauen Länder und Welten. Schau dir Deutschland mal an? Wer regiert da? Na? Eine Frau! Und warum wohl?«

»Pff!«, machte Albert.

»Weil sie's einfach besser kann. Weil sie den Überblick hat! Und den hat von euch Herren ja nachweislich keiner.«

Man hätte eine Nadel auf den Boden fallen hören können, so still wurde es. Alba fixierte ihren Bruder. Flora und Lynn funkelten Thomas an. Wie bei einem Duell lauerte jeder auf die erste Reaktion, die erste Bewegung des Gegners. Und dann hörte man wirklich was, wenn auch nur die Brille von Roman, die aus Jonathans Hand aufs Parkett fiel.

Gerade so, als hätte jemand auf einen Quizshow-Buzzer gehauen, ging danach der Lärm von vorne los, und jeder fing an, auf den anderen einzukeifen.

Roman fluchte »unzivilisiertes Pack«, während er unter dem Tisch nach seiner Brille auf dem Boden tastete.

»Aufhören!«, brüllte Knut dazwischen. »Sofort aufhören!« Aber das Rufen des mit Abstand Kleinsten zeigte wieder keine Wirkung. Weswegen er kurzerhand auf seinen Stuhl, und, als auch davon niemand Notiz nahm, mit Strümpfen auf den Esstisch stieg. Verzweifelt schlug er mit einem Löffel an einen Teller.

»Stopp!«, schrie Knut. »Stopp!«

Wie durch ein Wunder wurde es ruhiger, bis nur mehr ein unter-

schwelliges Murren zu hören war. Und ein feines Maunzen unter dem Sofa.

»Das bringt doch nix. Wir können uns sonst noch bis heute Abend streiten. Deeesweeeegen ...«, hob Knut an. Beifälliges Grummeln kam von der versammelten Mannschaft um den Esstisch. »... deeesweeeegen müssen wir das jetzt klären. Ein für alle Mal.«

»Und wie?«, fragte Moritz grimmig.

»Wir machen eine Challenge. Und wer die gewinnt, kriegt ... kriegt ... kriegt einen Pokal«, antwortete Knut. Das war das Erstbeste, was ihm in den Sinn gekommen war.

Am Tisch wurde es schon wieder lauter. »Au ja, wir holen den Meisterpokal! Das wird unsere Saison!«, jubelte Moritz.

»Jawohl, machen wir ein Quiz! Ein Mathe-Physik-Latein-Quiz! Wir werden gewinnen. Haushoch gewinnen!«, frohlockte Linus.

Thomas krachte mit seiner Stimme dazwischen und mit seiner Faust auf den Esstisch: »Wir machen einen Tausendmeterlauf. Wollen wir doch mal sehen, wer uns da was vormacht!«

Lynn giftete böse dagegen: »Wollen wir doch mal sehen, welcher von euch Memmen sich einer echten, harten Challenge stellt? Wie wäre es zum Beispiel damit, sich einen Kübel Eiswasser über den Kopf zu kippen? Wer hier würde sich das trauen?«

Noch eine weitere Stimme konnte man über allen anderen heraushören. Flora quietschte entzückt: »Ach, ist die süüüß.«

Sie hatte Knuts kleine Babykatze unter dem Sofa hervorgelockt und hielt sie nun auf dem Arm. Das Kätzchen strampelte und hatte Panik im Blick, während es von Flora

ohne Rücksicht geknuddelt wurde. Ängstlich blickte es zu Knut, der immer noch strumpfsockig auf dem Esstisch stand. Aber bevor er das Wort ergreifen konnte, hatte Alba es schon an sich gerissen: »So wird's aber nicht funktionieren, wenn jeder nur das vorschlägt, worin er selber gut ist.« Zustimmendes Gemurmel erhob sich. Nur von Flora kamen seltsame, unpassende Grunzgeräusche.

Überraschenderweise ging Linus auf Albas Bedenken ein: »Das ist ein korrekter Einwand.«

»Und wie sieht dann dein korrekter Vorschlag aus, du Hirnwurst?« Thomas musste mal wieder den Obermacker markieren.

»Den korrekt ausgearbeiteten Plan werde ich bei Gelegenheit vorstellen, du ... du ...«, Linus suchte verzweifelt nach etwas Entsprechendem, »... du Hirnwürstchen.«

»Ach was, wir brauchen keinen großartigen, epischen Plan«, grätschte Alba dazwischen. »Ich sag euch, wie wir das machen: Jede Gruppe stellt den anderen Gruppen drei Challenges aus dem eigenen Spezialgebiet. Wir Mädchen sind drei. Thomas, Jonathan und Moritz sind drei. Und dann noch mein Bruder und seine beiden kranken Geistesbrüder Roman und Linus – auch drei. Wir treffen uns um 16 Uhr am Spielplatz.«

»Und ich?«, kam es leise von Knut. Er fühlte sich vergessen.

»Ach, Knutschi«, sagte Alba, »wenn du bei einer Gruppe dabei bist, dann wäre es nicht mehr drei gegen drei gegen drei.«

Knut sah sie geknickt an. Wann würde ihn endlich mal irgendjemand hier ernst nehmen? Niemand sonst hatte so kindische Spitznamen wie »Knutschi« oder »Knurps«.

»Aaaber: Du bist der Schiedsrichter«, tröstete ihn Alba. »Du hast die entscheidende Stimme, wer bei einem Streit den Punkt bekommt. Und du sorgst für die Siegertrophäe. Hast du nicht irgendwas, was wir da nehmen könnten?«

Kurze Zeit später hatte Knut in seinem Zimmer genau das Richtige gefunden: einen Hauspokal, wie es ihn in Hogwarts gab. Papa Stefan und er hatten ihn zusammen aus Pappmaché gebastelt und golden angepinselt. Schön konnte man das unförmige Ding nicht gerade nennen. Aber immerhin: Er war zumindest einzigartig.

Als Knut mit der Siegestrophäe wieder unten auftauchte, schoss Flora gerade wild in die Höhe. Sein Kätzchen hatte sich fauchend aus Floras Armen losgestrampelt. Die Babykrallen hatten einen bösen Striemen in Floras wunderschönem Gesicht hinterlassen. Das Tier schlitterte einmal kurz übers Parkett und flüchtete mit einem beleidigten Maunzen in den Keller. Was war das nur für eine unheimliche Gesellschaft!

www.theoretikerclub.de/blog/chat
Linus, 16.9., 12:14
Seufz, nur dreieinhalb Stunden Zeit. Von angemessener Vorbereitung haben die ja wohl noch nichts gehört? Wie soll ich so einen ausgewogenen Fragenkatalog für ein vernünftiges und anspruchsvolles Quiz zusammenstellen? So eine Fragestellung wirft doch auch ein Licht zurück auf denjenigen, der die Fragen stellt …

Roman, 16.9., 12:19

Der Einfachheit halber würde ich vorschlagen, dass jeder von uns eine Frage aus seinem speziellen Interessensgebiet vorbereitet. Albert in Physik, Linus in Politik und ich in Antike Geschichte. Ich werde gleich mal meine Bücher durchforsten.

Linus, 16.9., 12:25

Mach ich, sitze schon über dem BGB, dem Strafgesetzbuch und aus Papas Schrank habe ich »Psychologie der Massen« herausgezogen. Hat einer von euch zufällig Macchiavelli zu Hause?

Knut, 16.9., 12:26

Was isn BGB? B-esonders g-roße B-urger? B-laue G-ummi-B-ärchen? B-ekloppter g-roßer B-ruder?

Linus, 16.9., 12:28

@Knut: Ich muss doch sehr bitten. Ich bin kein bekloppter großer Bruder. Meine Schwester Mira kann sich durchaus glücklich schätzen mit mir. BGB heißt übrigens »Bürgerliches Gesetzbuch«. Da sind alle wichtigen deutschen Gesetze drin.

Albert, 16.9., 12:37

Ach, das bringt doch nix. Geben wir es gleich auf. Dann können wir uns diesen Aufwand sparen. 16 Uhr Treffpunkt. Das ergibt in der Quersumme 7. Unser Datum von heute auch – Quersumme 7. Alles ungerade Zahlen. Ich sehe schwarz.

Linus, 16.9., 12:48

@Albert: Falsch: Du MALST nur schwarz. Ich jedenfalls habe schon eine Auswahl an 20 potenziellen Themengebieten zusammengestellt. Wie sieht's bei dir aus – hast du wenigstens schon einmal angefangen?

Knut, 16.9., 13:05

Warum macht ihr das eigentlich so kompliziert? Können wir nicht einfach drei schwere Fragen von Quizduell nehmen? Geht schnell und wir können vor dem echten Duell noch eine Runde LAN-Party machen bei mir.

Linus, 16.9., 13:15

Dir ist der Ernst der Lage wohl nicht klar. Wie ich bereits dargelegt habe: Die Qualität der Fragen lässt einen direkten Schluss auf den Fragesteller zu. Es gilt einen Ruf zu wahren, meine Herren Theoretiker. Da können wir nicht einfach bei jemandem abspicken.

Roman, 16.9., 13:30

Hilfe, Tantenbesuch! Hoffentlich schaffe ich es rechtzeitig um 16 Uhr. Könnt ihr meine Frage mitaussuchen? Dazu komme ich jetzt nicht mehr. Tut mir leid. Römische Mythologie wäre gut …

Linus, 16.9., 13:35

Hilfe, jetzt muss ich mich auch da noch einlesen!

Albert, 16.9., 13:42

Dann mach doch meine Frage auch noch mit. Es nutzt doch eh nichts, wenn ich an einem ungeraden Tag Aufwand betreibe.

Linus, 16.9., 14:55

Hilfe! Ich schaffe das alles nicht! Mein Bett quillt über mit Büchern! Ich kann nicht alles gleichzeitig lesen! Hilfe!

Knut, 16.9., 15:23

Sooo, ich habe jetzt die schwersten Fragen aus Quiz-Duell zusammengetragen. Einmal googeln und schon ist alles da. Bitte schön:

1. Apollo ist der Sohn von Zeugs und …

   a, Leto, b, Hera, c, Aphrodite, d, Dione

2. Wer war auf dem letzten 1001-Mark-Schein abgebildet?

   a, Die Gebrüder Grimm, b, Lara Schuhmann, c, Dagobert Duck, d, Albert Einstein

3. Was hat Thomas Alba Edison erfunden?

   a, das Bügeleisen b, die Glühbirne c, das Handy, d, das Klopapier

Tatatata!

Birgit und Stefan haben mir ein bisschen geholfen.

Linus, 16.9., 15:45

So, jetzt habe ich auch meinen Fragenkatalog zusammengestellt. Bitte sehr:

A) Welche Freiheit garantiert der dritte Absatz des fünften Grundrechts im Bürgerlichen Gesetzbuch von Deutschland?

   (Freiheit der Kunst, Wissenschaft und Forschung)

B) Welchem Gott war die Orakelstätte von Delphi geweiht?

   (Antwort: Apollon)

C) Wie lautet die chemische Bezeichnung von Zucker?

   (Antwort: $C_{12}H_{22}O_{11}$)

Albert, 16.9., 15:50

Sorry, Linus, aber das ist zu schwer. Ausgewogen hin oder her. Ich bin dafür, wir nehmen die drei Fragen von Knut.

Knut, 16.9., 15:51

Dann geh ich mal ausdrucken.

Linus, 16.9, 15:52

Hey Moment, das haben wir noch nicht ausdiskutiert.

Albert, 16.9., 15:53

Doch. 2:1 gegen dich.

Linus, 16.9., 15:55

Ich geb's auf. Wenn ihr meint, dass wir uns mit einem solchen Babykram lächerlich machen sollen … @Knut: Edison hieß mit zweitem Vornamen Alva, nicht Alba.

Knut, 16.9., 15:56

Änderungen schaff ich nicht mehr. Wir haben die Fragen schon ausgedruckt. Fehler musst du dann selber auf dem Papier verbessern. Bin gleich da.

Kapitel 3

#killerchallenge

»Puh«, seufzte Alba, als sie den Zettel mit den Quizfragen sah und blies die Backen auf. »Das ist aber sauschwer.« Flora und Lynn neben ihr beugten sich ebenso ratlos über den Ausdruck vor ihnen. Pünktlich um vier hatten sich alle am Spielplatz eingefunden. Alle, bis auf Roman.

Im Hintergrund schüttelte Linus nur abschätzig den Kopf, aber Knut machte seiner Lieblingsbabysitterin Mut: »Ach was, das ist gar nicht so schwierig. Mit ein bisschen Nachdenken kommt man schon drauf. Du musst doch nur die richtige von vier Antworten finden.«

Die Mädchen hatten sich auf die Mütterbank beim Spielplatz gesetzt. Am anderen Ende hatte Thomas mit seinen Gehilfen Jonathan und Moritz Stellung bezogen. Moritz knatschte geräuschvoll Kaugummi, während sie leise beratschlagten, was sie ankreuzen sollten. Die Sportler hatten allesamt ihr blau-weißes

Fußballtrikot an. Vorhin hatten sie darin doch allen Ernstes noch mit Knuts Pokal für Meister-Selfies posiert.

Bei Knut wirkte diese Angeberei gar nicht. Er kämpfte eher mit der Versuchung, Alba die richtigen Lösungen vorzusagen, nur um diesen aufgeblähten Fußball-Fatzkes einen Dämpfer zu verpassen.

Aber das verkniff er sich als fairer Schiri lieber. Ohne Knuts Nachhilfe sah es für die Mädchen jedoch schlecht aus. Sie hatten zwei der drei Fragen falsch beantwortet und nur gewusst, dass Edison die Glühbirne erfunden hatte. Die Thomas-Bande hatte überraschenderweise sowohl richtig angekreuzt, dass Apollo der Sohn von Leto war, als auch, dass auf dem alten 1000-Mark-Schein die Gebrüder Grimm zu sehen waren.

www.theoretikerclub.de/blog/chat
Knut, 16.9., 16:19
Thomas-Bande: 2
Theoretiker: 1
Mädchen: 0
Linus, 16.9., 16:20
Pah, die hatten einfach nur Glück beim Raten!

»Oder gute Nachhilfelehrer«, wollte Albert tippen, kam aber nicht dazu, denn just in diesem Moment – gute zwanzig Minuten zu spät – kam Roman am Spielplatz angehechelt.

»Sorry«, keuchte er, »die Tanten ... haben ... mich aufgehalten ...«
Knut entdeckte mit Schrecken, dass auf Romans Wange ein großer
rosa Kussmund prangte, und schob sich durch die Mädchen schnell
zu ihm hindurch.

»Psst«, versuchte er so unauffällig wie möglich zu flüstern, aber
da hatte Flora das peinliche Mal schon entdeckt. Sie kam näher:
»Oh, sieht glatt so aus, als hättest du uns wegen Damenbesuch
warten lassen ... ts ... ts ... ts.«

Roman war es nicht gewohnt, dass Flora, die er schon lange,
lange, lange vergeblich anbetete, ihn höchstpersönlich anredete.
Ihm blieb die Antwort im Hals stecken.

»Soooo«, brüllte da zum Glück schon Thomas über den Spielplatz
herüber. »Jetzt kommen wir zu *unseren* Aufgaben. Wollen wir doch
mal sehen, was ihr so an Kraft und Ausdauer draufhabt.« Für seinen Appell blies er dreimal kurz in die Trillerpfeife, die er sich um-
gehängt hatte. Breitbeinig, mit seinen kurzen blonden Haaren sah
er aus wie ein amerikanischer Drillmeister. Was seine Wirkung
offenbar nicht verfehlte. Knut konnte sehen, wie Linus unwillkürlich schlucken musste und wie Albert in sich zusammenzufallen
schien.

Sport war nicht gerade die Paradedisziplin der Theoretiker. So
gar nicht! Albert, der mindestens anderthalb Köpfe größer war als
er sicher beherrschte, schien immer irgendwo anzuecken. Auch der
kleinere, rundere Roman gebärdete sich meistens kontraproduktiv,
sobald Bewegung gefragt war. Und Linus' abgrundtiefe Abneigung
gegen alles Körperliche war weithin bekannt. Nach einer Leidens-
zeit und bestimmt dreißig vorgespielten und echten Verletzungen
hatte Linus' Mutter Donata ihn endgültig vom Fußballverein abge-

meldet. Der Spott seiner ehemaligen Mannschaftskameraden Thomas, Moritz und Jonathan verfolgte ihn aber immer noch.

»Meine Damen und meine Körperclowns, wir bitten um die Aufstellung für den sportlichen Teil dieser Challenge«, dröhnte Thomas und ließ einen gellenden Pfiff auf seiner Trillerpfeife los, den man sicher in der gesamten Siedlung hörte. »Wer möchte sich der ersten Herausforderung stellen? Dem Reck?«

Linus schüttelte sogleich den Kopf: »ICH nicht! BESTIMMT nicht.« Knut entging nicht, wie Linus unmerklich seine Hände vor dem Hosenschlitz verschränkte. Auch Albert kniff, wohl weil die Stange ihm gerade mal bis knapp übers Knie reichte. Blieb also nur – Roman.

»Und was soll ich machen?«, fragte dieser mit dünner Stimme.

»Was Hübsches«, antwortete ihm Moritz. »Hier zählt nur der bessere künstlerische Eindruck.«

»So was in der Art!« Jonathan war an die Reckstange getreten und hatte sich hochgestemmt. Eins, zwei, drei ... zehn lange Sekunden hielt er sich dort, regungslos. Bis er mit einem Mal blitzschnell erst das linke, dann das rechte Bein nach vorne über die Stange schwang und anschließend nach hinten kippte, sodass er mit den Kniekehlen an der Reckstange hing. Dann schob er langsam seinen Po hoch, machte einen Salto nach hinten und kam sauber und sicher zum Stehen.

Knut staunte. Nicht schlecht.

»Ach, harmlos. Das kann ich besser.« Flora hatte sich vorgedrängelt und schob Jonathan aus der Bahn. Sie schwang sich auf, schleuderte ein Bein hinüber und wirbelte zweimal herum, die Stange eingeklemmt in der Kniekehle. Dann zog sie das zweite Bein nach und schloss den gleichen Stunt an wie Jonathan: Salto nach hinten. Auch Flora landete sicher auf dem Sandboden.

Knut wusste sofort: Das würde nur schwer zu toppen sein. Nur widerstrebend setzte sich Roman in Bewegung und ergriff todesmutig die Reckstange. Doch falsch herum – die Hand war verdreht. Bevor Roman sich auch nur hochstützen konnte, musste er schon wieder loslassen.

»Au!« Ein strenger Richter hätte längst Punktabzug geben müssen. Knut drückte noch mal ein Auge zu. Dennoch konnte er beim zweiten Versuch nicht mehr so gnädig sein. Roman hatte sich in den Stütz hochgeschwungen und wollte dann offenbar einen Purzelbaum nach vorn über die Reckstange schlagen. Weiß der Henker, wie es passierte, wahrscheinlich hatte er sich einfach zu lasch abgestoßen, jedenfalls verlor Roman auf der Hälfte den Schwung. Er blinzelte und plumpste dann einfach wie ein träger Sack rücklings in den Sand unter ihm.

Die Mädchen und die Thomas-Bande kicherten. Keiner außer Knut hatte Mitgefühl mit dem armen Roman, der im Staub lag wie ein hilfloser Marienkäfer, den ein böser Schelm auf den Rücken gedreht hatte.

Ein Punkt für die Mädchen.

Das sah nicht gut aus. Zumal jetzt Thomas die nächste Disziplin ankündigte: »Liegestützen!« Linus schob Albert nach vorn. Bei den Mädchen löste sich Alba aus der Gruppe. »Das mach ich.« Und schon krempelte sie die Ärmel ihres Glitzer-T-Shirts nach oben. »Champ« stand sinnigerweise vorne drauf.

Alba tat so, als spucke sie in die Hände, ging erst in die Knie und machte sich dann für die Liegestützen bereit. Lynn und Flora feuerten sie an: »Unser Champ ... und eins ... und zwei ... und drei.«

Bei »... und 13« war Schluss – Alba gab auf.

Danach machte sich Albert bereit, der die Liegestützen barfuß absolvierte. Seine übergroßen Straßenschuhe hatten sich als zu unbiegsam erwiesen.

Roman, Linus und Knut feuerten ihren Helden an.

»Hey«, knuffte Lynn Knut in die Seite. »Du bist unparteiisch!«

»... und zehn ... und elf ... und ... zwölf ... Uhuhuhund dreiiiizeeeehn ... Uuuuuuuuuund viiiiierz...«

Ein Schweißtropfen hatte sich an Alberts spitzer Nase gebildet. Albert hing auf halber Höhe fest. Es ging nicht vorwärts. Es ging nicht rückwärts. Dabei brauchte er nur noch ein kleines bisschen, ein einziges Mal Anstrengung, um sich weitere zehn Zentimeter hochzudrücken für die vierzehnte Liegestütze. Die Siegesliegestütze. Alberts Arme zitterten. Gleich würde er aufgeben müssen ... Aber dann, mit letzter Kraft und unbändigem Willen, stemmte er sich nach oben.

Er hatte es geschafft. Albert hatte seine Schwester besiegt.

www.theoretikerclub.de/blog/chat
Knut, 16.9., 17:01
Thomas-Bande: 2
Mädchen: 2
Theoretiker: 1
Yeah, der erste Punkt!
Es geht aufwärts.

»Nun denn, dann wollen wir doch mal sehen, ob ihr fit seid für die letzte Prüfung!«, schnarrte Drillmeister Thomas. Er hielt zwei Tüten vom Supermarkt in der Hand, die er Jonathan zuwarf. Mit einer großen Schaufel begann Moritz, Sand aus der großen Sandkiste in die Tüten zu schippen.

»Ey, was wird das denn?«, fragte Linus. Er war nun an der Reihe.

»Gewichte«, erklärte ihm Thomas kurz angebunden. »Wir machen daraus Gewichte. Die Mädchen bekommen drei Schaufeln weniger in die Tüte, damit's gerechter wird. Mit den Gewichten müsst ihr zwischen diesen zwei Punkten ...«, er malte mit Kreide auf den Boden, »hin und her laufen.« Wenn ihr an einem Punkt angekommen seid, stemmt ihr den Sack kurz über den Kopf, dann rennt ihr zum nächsten Punkt. Da hebt ihr wieder den Sack hoch und so weiter. Es gewinnt der, der öfter hochhievt.« Er nahm einen Sack, stemmte diesen hoch und blies dazu jeweils einmal in die Trillerpfeife. »Ihr startet gleichzeitig.«

Thomas gab Lynn, die gegen Linus antreten würde, ihren Sack. Linus drückte er ein Sandpaket in die Magengrube. Mit so viel Schwung, dass Linus fast zu Boden ging.

Angriffslustig hatte Lynn schon ihre Jeansjacke ausgezogen. »Ich spiel Basketball«, sagte sie zu Moritz. »Ich kann dir den Sack auch aus fünf Metern in einen Korb werfen, wenn du willst.« Bildete sich Knut das nur ein oder war Linus bei diesen Worten kurz zusammengezuckt?

Da kam schon der Anpfiff. Lynn raste zum ersten Kreidepunkt, riss scheinbar mühelos das Gewicht über den Kopf und war am Startpunkt schon wieder angekommen, bevor Linus sich überhaupt erst in Bewegung gesetzt hatte. Er lief nicht. Er ging.

»Es werden doch nur die Über-Kopf-Punkte gezählt, oder?«, fragte er im Schlendern. »Das geht nicht auf Schnelligkeit, oder?«

Thomas wurde ungeduldig: »Wenn du dich nicht langsam ein bisschen anstrengst, werten wir nach Zeit. Hopp! Hopp!« Und trieb den Theoretiker mit kurzen Pfiffen an.

Doch Linus ließ sich weiterhin Zeit.

Schließlich war Lynn schon siebzehnmal zwischen den beiden Kreidepunkten hin und her gelaufen, während Linus noch bei neun krebste. Doch dann gab sie auf, keuchend und völlig aus der Puste. Linus watschelte unbeirrt weiter. Zehnmal, elfmal ...

»Mach mal hinne!«, rief Thomas.

»Ich ... bin nicht faul, ich bin ... im ... Energiesparmodus«, stieß Linus hervor. Und dann, bei Halt 14, passierte es. Linus musste umgreifen und mit sichtbarer Anstrengung hievte er den Sack nach oben. Aber gerade, als das Ungetüm über seinem Strubbelkopf schwebte, bildete sich ein Riss in der Tüte. Es gab ein kräftiges Ratschen. Linus blickte ängstlich nach oben, als just in diesem Moment sich der Inhalt der Tüte mitten auf den armen Theoretiker entlud. Wie unter der Dusche pladderten etliche Liter Sand auf Linus' Kopf.

Der heulte auf wie eine Sirene.

»Ich bin verletzt!«, brüllte er. »Ich bin verletzt!« Weiter kam er nicht, denn Sand war in seinen Mund gerieselt. Gleichzeitig rieb er sich heftig die Augen und spuckte Sandmatsche aus.

Besorgt war Knut zu ihm hingeeilt, die Wasserflasche öffnend, die er rein vorsorglich mal mitgenommen hatte. »Mach mal deine

Hände zu einer Schale, ich habe Wasser«, versuchte er seinen großen Freund zu beruhigen.

Doch der spuckte nur noch weinerlich aus: »Ich bin verletzt, ich bin verletzt.«

Schließlich musste Knut Linus' Hände nehmen und sie zusammenführen, dann ließ er Wasser in die Kuhle fließen, mit dem sich Linus die Augen spülte. Besser, er wäre noch ein bisschen länger blind geblieben. Dann hätte Linus nicht das hämische Grinsen von den Mädchen und der Thomas-Bande mitansehen müssen.

»Wiederholung?«, fragte Thomas spöttisch und stieß provokativ den Spaten wieder in den Sand. Doch Linus winkte ab: »Ein solch primitives Kräftemessen ist doch lächerlich.«

Thomas zuckte nur mit den Achseln. »Wie du meinst, dann geht der Punkt eben an die Mädchen.«

Lynn, Flora und Alba jubelten: »Wir liegen vorn! Vorn!«

www. theoretikerclub.de/blog/chat
Albert, 16.9., 17:09
Natürlich liegen die vorn, wenn sie beide Runden mitgemacht haben und wir und die Thomas-Bande je nur eine. Alba war immer schon ein Vollpfosten in Mathe.
Knut, 16.9., 17:09
Thomas-Bande: 2
Theoretiker: 1
Mädchen: 3
Uff! Jetzt müsst ihr euch aber anstrengen.
Albert, 16.9., 17:10
Wie bekloppt ist das denn? Die Thomas-Bande machen

einen auf Affenbande. Habt ihr gesehen, wie die sich auf die Brust schlagen?
Linus, 16.9., 17:12
»Wir sind die Champions?« Ha, dass ich nicht lache, Thomas Affenchef! Mit diesem Gepose kannst du im besten Fall Animateur im Schwimmbad werden. Zum Chef reicht das nicht!

»Hey!«, riefen da die Mädchen Knut zu sich.

Flora zeigte auf sein Tablet. »Hey Schiri, können wir das mal benutzen? Wir wollen euch was zeigen!«

Knut nickte. Und Alba trommelte die Kontrahenten zusammen: »Meine Herren, in unserer Challenge müsst ihr beweisen, dass ihr nicht nur Grips oder Muskeln habt, sondern es auch im praktischen Leben checkt.«

Oh, oh, dachte Knut, aber er hütete sich davor, das laut auszusprechen.

»Unsere erste Aufgabe ist die Chubby Bunny Challenge!«, sagte Flora.

»Hä?«, fragten Thomas, Jonathan, Moritz, Roman, Albert und Linus alle gleichzeitig.

»Nie gehört«, fügte Roman hinzu.

»Dafür bitten wir euch, folgendes Youtube-Video anzusehen!«, meinte Flora. Sie tippte auf den Screen, und schon sahen die Jungs zwei alberne junge Amerikanerinnen, die sich abwechselnd und um die Wette Marshmallows in den Mund steckten. Nach jedem Marshmallow mussten sie: »Chubby Bunny« sagen.

»Nun«, sagte Flora, als das Video zu Ende war, »das dürfte als Erklärung genügen. Hier sind eure Marshmallows. Derjenige, der die meisten davon in den Mund bringt, gewinnt. Wer tritt an?«

»Ich schon mal nicht.« Albert wedelte wild mit seinen Händen. »Zahnspange. Darf keine Marshmallows mehr essen.«

»Gitterfresse«, murmelte Alba, wurde aber unterbrochen.

»Ich mach's.« Roman trat heldenmutig einen Schritt vor. »Süßigkeiten sind mein Spezialgebiet«, sagte er zu Flora und verzog seinen Mund zu einem schiefen Grinsen.

»Und ich!« Moritz spuckte in hohem Bogen seinen Kaugummi in den Mülleimer, baute sich breitbeinig neben Roman auf und schaute auf ihn runter. »Bunnys sind nämlich *mein* Spezialgebiet!«

Oh Mann, wie peinlich! Doch Alba riss bereits die Tüte Marshmallows auf.

Beherzt nahm Roman fünf mittelgroße Marshmallows aus der Packung, Moritz auch. »Ich fang an.« Und schon war das erste Stück Zuckerschaum in seinem Mund verschwunden, und er sagte: »Chubby Bunny.«

Jetzt ging es im Wechsel. Bis fünf Stück konnte man die beiden noch halbwegs deutlich verstehen, dann aber wurde es zunehmend schwieriger. Moritz verdrehte die Augen, beim siebten Marshmallow würgte es ihn, den achten brachte er gerade noch in den Mund, murmelte »Chch Bny«, um dann den ganzen klebrigen Kram in die Mülltonne zu spucken. »Widerlich.«

Roman, der sich mit stoischer Ruhe ein Marshmallow nach dem nächsten gegönnt hatte, konnte mit acht sogar fast noch ein bisschen grinsen. Und dann ging es weiter. Neun. »Chu-y Honey.«

Zehn. »Chch Bny.«

Elf. »Ch Nnnnny.«

Und erst dann, wirklich erst dann, nahm er säuberlich ein Tuch Küchenrolle, das Flora ihm hinhielt, entsorgte darin die Masse und schmiss das Tuch mit spitzen Fingern in den Mülleimer.

www.theoretikerclub.de/blog/chat
Knut, 16.9., 17:27
Thomas-Bande: 2
Theoretiker: 2
Mädchen: 3
Jetzt nicht schlappmachen. Wenn wir noch zwei Punkte machen, dann haben wir gewonnen. Wir schaffen das.
Albert, 16.9., 17:29
Wer's glaubt!

Zeit zum weiteren Plaudern hatten die Theoretiker nicht mehr, denn nun war Lynn mit ihrer Aufgabe an der Reihe.

»Weg mit der Technik«, schnauzte sie Roman, Albert und Knut an. »Bei mir braucht ihr keine Knöpfchen. Kein Youtube. Kein Google. Bei meiner Aufgabe geht es nur um praktisches Wissen. Und da gibt's nichts zu spicken. Wer tritt an?«

»Ich!«, stieß Linus hervor, schneller als jeder andere hätte antworten können. Lynn verzog ihren Mund zu einem spöttischen Grinsen. Thomas löste sich von den beiden Keller-Brüdern.

»Du hast deinen Bezwinger gefunden, Bücherfresser«, drohte er in Linus' Richtung.

Linus stemmte die Hände in die Hüfte. »Wie lautet deine Frage, Lynn?«

»Wie viel Cent Porto kostet ein normaler Brief und wie viel eine Postkarte in Deutschland?«

Mit einem Schlag lief Linus' Birne knallrot an. Ein eindeutiges Indiz. Das wusste er nicht.

Er fing das Stottern an: »... äh also ... das sind doch Banalitäten ... das weiß doch jedes Kind ...«

»So, und wie viel ist es dann?«

Doch Linus blieb stumm vor Schreck. Darum gab Lynn das Wort an Thomas: »Willst du vielleicht?«

Aber auch Thomas hatte keinen Plan. »Keine Ahnung. In der Gemeinde haben sie eine Frankiermaschine. Briefmarken haben wir gar keine zu Hause«, sagte er. »Aber ich rate jetzt einfach mal: Brief 60 Cent und Postkarte 50 Cent.«

»Falsch«, sagte Lynn. »Beides falsch. Die 60 Cent waren mal. 2014.«

Linus ergriff nun wieder das Wort: »Bei der letzten Erhöhung gab es eine ziemlich laute Diskussion in der Presse. Das Briefporto ist damals deutlich teurer geworden. Dafür haben sie die Preise auf mehrere Jahre festgeschrieben ... Daran kann ich mich erinnern.« Er kniff die Augen zusammen und knetete seine Nasenwurzel. »Ja! Jetzt weiß ich es: Der Brief kostet 70 Cent mittlerweile. Die Postkarte kostet 55 Cent.«

Lynn nickte zunächst und schüttelte dann den Kopf: »Brief stimmt, aber Postkarte ist falsch. Die kostet 45 Cent.«

»Aber wir waren immer noch besser als Thomas, also müssten wir den Punkt bekommen!«, sagte Linus.

42

»Einen halben vielleicht«, sagte Lynn streng.

»Nein, einen ganzen«, widersprach Linus. Er war wieder rot angelaufen, dieses Mal vor Ärger. »Schließlich war es auch unerheblich, wie oft man den Sack Sand über seinen Kopf gehievt hat und wie viele Marshmallows es waren. Es geht nur um das bessere Ergebnis im Vergleich! Und da waren wir besser als Thomas und Co.«

Lynn seufzte und sah zu Knut. »Was meinst du, Schiri?«

»Ein ganzer Punkt!«

Sie nickte.

www. theoretikerclub.de/blog/chat
Knut, 16.9., 17:35
Thomas-Bande: 2
Theoretiker: 3
Mädchen: 3
Gleichstand mit den Mädchen! Ihr könnt gewinnen.
Ihr könnt …

Doch als Knut einen Blick darauf werfen konnte, was die Mädchen als nächste Herausforderung vorbereitet hatten, schwand die Hoffnung so schnell, wie sie gerade in ihm aufgekeimt war.

Aus dem Gebüsch zogen die Mädchen mit vereinter Kraft einen sorgfältig versteckten Wäschekorb – bis oben hin gefüllt mit Wasserbomben. Es gluckste nur so hin und her. Alba fischte eine Wasserbombe aus dem Behälter und hielt sie in die Höhe.

Ihr Bruder, der als letzter Theoretiker nun dran war, schluckte.

»Ihr habt bestimmt schon so eine Ahnung, welche Challenge jetzt kommt«, hob Alba an.

»Ist es dafür nicht ein bisschen kalt? Jetzt im September?«, warf Roman ein und blickte besorgt in den grauen Himmel.

Alba übertönte ihn einfach: »Jetzt kommt die Wasserbomben-Challenge.«

Jonathan, der zuletzt verbliebene Mitspieler aus der Thomas-Bande, trat vor: »Ihr könnt auch gleich aufgeben, ihr Warmduscher!« Mit einem überlegenen Lächeln zog er sein Fußballtrikot über den Kopf und stand mit einem Mal mit nacktem Oberkörper vor Alba.

Angeber, fuhr es Knut durch den Kopf. Er hoffte trotzdem, dass Alba schlau genug war, auf dieses Imponiergehabe nicht reinzufallen. Immerhin fuhr sie ohne eine weitere Regung fort, die Spielregeln zu erklären: »Jeder Treffer zählt einen Punkt, jeder Treffer ins Gesicht doppelt. Jeder bekommt 15 Wasserbomben.«

Mit flattrigen Händen fuhr sich Albert einmal durch das Gesicht und durch das kinnlange dunkelblonde Haar. Er schien zu frösteln.

»Na dann!«, grunzte Jonathan und wollte schon in den Wäschekorb greifen, aber Alba schlug seine Hand beiseite. »Nix da! Sooo leicht machen wir euch das nicht. Ihr müsst vorher noch eine kleine Schikane bewältigen.«

»Schikane?«

»Ja. Einfach drauflosballern kann ja schließlich jeder. Wir haben hier zwei Plastikflaschen ...«, Alba kramte in einer Tüte, »... und die werden hiiiier aufgestellt ...«, Alba platzierte zwei Flaschen, »... und bevor ihr werft, rennt ihr zehnmal um diese

Plastikflaschen herum, während ihr die eine Hand auf der Flasche habt. Gleich danach beginnt ihr mit dem Abballern. Ihr schießt abwechselnd.«

Bei Albert regte sich Widerstand: »Das ist gemein und hinterhältig. Du weißt, wie leicht mir schwindelig wird. Ich kann keine einzige Autofahrt ohne Kotztüte überleben.«

»Pech, Bruderherz«, entgegnete Alba trocken. »Du hättest auch bei den anderen Challenges antreten können. Du kannst natürlich auch gleich aufgeben ...«

Albert schien ernsthaft darüber nachzudenken, während seine Freunde regungslos das Geschehen beobachteten. Höchste Zeit, um seinen Kumpel ein bisschen aufzubauen, fand Knut. Er stellte sich neben Albert, hielt ihm das Tablet hin und raunte ihm zu: »Es steht drei zu drei zu zwei. Wenn Jonathan gewinnt, sind wir alle gleich. Nur wenn du jetzt den Punkt machst, können die Theoretiker siegen. Dann hätten wir vier Punkte!«

»Aber ...«

»Vielleicht wird's ein bisschen feucht, aber das wird schon nicht so schlimm!« Offenbar hatte das Gesagte seine Wirkung: Albert setzte sich endlich in Bewegung, legte eine Hand auf die Flasche. Als auch Jonathan fertig war, pfiff Alba in die Trillerpfeife. Jonathan flitzte wie ein geölter Blitz zehnmal um die Flasche, während Albert ungelenk in langsamen, aber riesigen Schritten um die Flasche herumstakste.

Als er fertig war, schwankte er gefährlich hin und her, und Linus musste ihn auf der linken Seite auffangen, damit er nicht gleich umkippte.

Die Mädchen kicherten hämisch. Alba hatte sogar ihr Handy gezückt und filmte mit.

»Ey, lass das«, sagte Roman zu ihr, »das ist nur eine Sache unter uns.« Aber Alba ließ sich davon nicht abbringen: »Wieso? Ist doch witzig!«

Wen sie nicht filmte, war Jonathan. Auch er musste sich fangen, schien aber seine Füße auf dem Boden festgepflockt zu haben.

»Auf die Plätze! Fertig! Und ...schießt los!«, gab Alba das Startkommando.

Jonathan angelte schwerfällig nach einer Bombe, zielte, warf und – traf nicht. Die Bombe zerschellte einen Meter vor Alberts Füßen, und ihn trafen nur ein paar versprengte Spritzer.

Mit ausladender Geste langte nun Albert nach seiner ersten Wasserbombe, hielt sie aufrecht über seinem Kopf, zielte und traf – den Boden einen Meter von ihm entfernt. Genau da, wo Jonathans Geschoss vorher gelandet war. Wieder streiften ihn selbst ein paar Spritzer.

Schon Jonathans zweite Bombe ging nicht mehr daneben. Ein nasser Fleck machte sich da breit, wo es für jeden Menschen peinlich gewesen wäre: rund um Alberts Hosenstall. Die Thomas-Bande grölte laut vor Vergnügen, während Alba mit dem Handy näher kam, um heranzoomen zu können.

»Lass das mit dem Filmen! Das ist gemein!«, sagte jetzt Knut, aber Alba ignorierte ihn. Wie hypnotisiert von dem Treffer, bückte sich Albert mechanisch nach einer weiteren Wasserbombe. Zu verkrampft – das verdammte Ding zerplatzte noch an Ort und Stelle zwischen seinen Fingern. Albert schwankte immer noch, während Jonathan längst wieder kerzengerade dastand. Das nächste Geschoss von Jonathan donnerte schon heran – Streifschuss an Alberts Oberschenkel. *Uff,* dachte Knut, *uff, uff.*

Jetzt musste Albert endlich beweisen, dass er sich wehren konnte. Aber auch wenn er diesmal sein Geschoss nicht gleich selbst zerplatzte, die Wurfkünste des Theoretikers waren mehr als mäßig. Immer schien er im verkehrten Moment loszulassen. Mal ging die Bombe nach hinten, mal ins Gebüsch. Als Albert schwungvoll den Arm ein paar Mal an der Seite propellern ließ, traf er nur wild irgendwelche Ziele: die Schaukel, den Mülleimer, Jonathans Trikotoberteil auf dem Boden. Einmal sogar beinahe Jonathan. Leider nur beinahe.

Viel besser war hingegen die Bilanz seines Gegners: Jeder zweite Schuss ein Treffer.

Wie beim Paintball hatte Alberts Kleidung bald überall eindeutige Markierungen. Und mittendrin prangte der verdächtige Fleck im Schritt. Alles live und in Farbe festgehalten von Albas Handy.

Immerhin hatte Albert bei Bombe 14 einen Zufallstreffer gelandet, doch Jonathan lag weit voraus und kannte keine Gnade: Er platzierte einen wunderbaren Wurf mitten auf der langen, spitzen Nase von Albert. Was für eine Schande!«

»Noch einen Ehrentreffer! Nur für die Theoretiker«, versuchte Knut den armen Albert aufzumuntern. Wie aufgezogen reagierte Albert, bückte sich steif, nahm die letzte, die fünfzehnte Wasserbombe vom Tablett und machte sich bereit.

Doch just in dem Moment, als er sie losschleudern

wollte und sie kurz über dem Kopf hielt, platzte das letzte Geschoss direkt über ihm. Albert stand da wie ein begossener Pudel.

»Eigentor! Eigentooor!«, brüllte Thomas feixend. »Wir haben gewonnen.«

Alba umrundete ihren Bruder einmal, das Handy immer noch im Anschlag. Sie hielt zunächst auf die tropfenden Haare und die tropfende Nase und unternahm dann eine kleine Kamerafahrt bis hinab zum verdächtig nassen Hosenstall. Kurz darauf musste sie ihre Filmerei abbrechen, weil ein Lachanfall sie durchschüttelte.

Kapitel 4

#diemachtderentscheidung

www.theoretikerclub.de/blog/chat

Linus, 16.9., 18:04

Entscheide jetzt ja nix Falsches, Knut.

Knut, 16.9., 18:05

Hä? 3 zu 3 zu 3. Da gibt's nichts zu entscheiden.

Roman, 16.9., 18:06

Wo bleibt Albert eigentlich? »Nur mal kurz nach Hause, mich umziehen!« Das war vor zehn Minuten!

Knut, 16.9., 18:08

Wollen wir nicht lieber richtig reden? Das Tippen ist anstrengend.

Linus, 16.9., 18:10

Bist du jetzt ganz neben der Spur? Dann können die unsere Strategiebesprechung doch genauestens mithören!

»Ey, was ist jetzt? Wir haben nicht ewig Zeit?«, quengelte Thomas vom anderen Ende des Spielplatzes.

»Genau, würdest du endlich mal eine Entscheidung verkünden, Knuti? Wer ist jetzt Gewinner und Chef?« Auch Alba, die es sich mit den Mädchen wieder auf der Mütterbank bequem gemacht hatte, wurde allmählich ungeduldig.

»Wir müssen aber noch auf Albert warten!«, rief Linus zurück. Er hatte sich mit seinen Theoretikern zur Strategiebesprechung ans andere Ende des Spielplatzes zurückgezogen. Da saßen sie nun auf der Wippe und tippten jeder in sein Smartphone. Nur Knut hatte es sich auf der Schaukel nebendran bequem gemacht. Das sah nicht ganz so parteiisch aus.

Sein Herz würde natürlich immer für die Theoretiker schlagen, schließlich war Linus sein großes Vorbild. Aber auch mit Alba verband ihn eine lange Freundschaft. Und alle Kontrahenten, auch die Thomas-Bande, hatten jeweils drei Punkte erreicht. Was für eine doofe Zwickmühle für Knut!

Aber Flora hatte längst den rettenden Einfall: »Ich bin ja für eine Art Master-Challenge! Eine Meisterfrage. Eine für uns alle.«

www.theoretikerclub.de/blog/chat
Linus, 16.9., 18:18
Das könnten wir in der Tat machen.
Albert, 16.9., 18:19
Was machen? Ach egal, ich komm übrigens nicht mehr. Mir ist kalt und ich geh in die Wanne. Macht den Rest ohne mich aus. Das hat ja sowieso keinen Zweck. Alba gewinnt immer. Immer. Immer. Immer.

Und wenn sie nicht gewinnen kann, dann greift sie zu unfairen Mitteln. War schon immer so.

Roman, 16.9., 18:21

Heute sollten wir das echt nicht mehr entscheiden.

Knut, 16.9., 18:22

Ihr wollt aufgeben? Einfach so???

»Hey, Knutschi. Was ist jetzt mit der Meisterfrage? Mit der Meis-
ter-Challenge?«, rief Alba zu ihnen rüber.

»Wir haben doch noch gar nicht entschieden, ob's überhaupt
eine Meisterfrage geben soll. Euch ist ja wohl nicht entgangen, dass
wir nicht vollständig sind und auch nicht mehr werden. Das nur
dank deiner unfairen Wasserschlacht. Jetzt müssen wir auf deinen
Bruder leider verzichten«, rief Linus zurück, ging aber zu den Mädchen rüber.

»Ihr kneift also!« Thomas, Moritz und Jonathan kamen ebenfalls
zu ihnen. »Memmen! Dann gibt's halt nur eine Stichwahl zwischen
den Bunnys und uns!«

»Nichts werden wir«, gab Linus zurück. Seine Stimme vibrierte
nervös, während er Thomas direkt anblickte. »Ein Theoretiker gibt
niemals auf. Er ändert höchstens seinen Forschungsschwerpunkt.«

Thomas antwortete mit dem Einzigen, was einer Dumpfbacke
von seinem Format in einem solchen Augenblick einfallen mochte:
»Wir können euch auch einfach eins auf die Nase
geben. Dann ist ein für alle Mal Ruhe!«
Vorsorglich spannte er schon
mal seine Brust.

»Pfff, echte Chefs haben

solche plumpen Machtdemonstrationen nicht nötig«, entgegnete Linus und fügte nahtlos hinzu: »Ich schlage vor, wir messen uns in dem, was heutzutage wirklich die Welt regiert.«

»Ach, und was regiert die Welt?«, fragte Lynn spöttisch.

Als Antwort fummelte Linus nur sein Handy aus der Hosentasche, drückte auf den Knopf und fragte dann seine elektronische Assistentin: »Was regiert heutzutage die Welt?«

Die reagierte prompt und eilfertig: »Ich habe Folgendes für dich im Internet gefunden!«

»Hier, lies selbst«. Linus hielt Lynn sein Smartphone unter die Nase: »Die ersten zehn Links sagen alle dasselbe: Geld regiert die Welt.« Statt einer Antwort lupfte Lynn nur ihre linke Augenbraue.

»Geld?« Auch Thomas schien nicht besonders viel mit Linus' Recherche anfangen zu können. Er schob die Hände in seine Trikotshorts, stülpte die Taschen nach außen und meinte nur: »Ich hab kein Geld dabei.«

»Du Schwachmat«, entgegnete Linus. »Da geht's doch nicht um Kleingeld. Nee, hier geht's ums große Geld. Echte Summen. Deshalb schlage ich vor: Wir messen uns darin, wer das meiste Geld verdient. Innerhalb eines bestimmten Zeitraums. Sagen wir bis Nikolaus. Oder bis Weihnachten. So können wir auch langfristig beweisen, wer der Beste ist von uns.«

Für Knut klang das ziemlich vernünftig. Auch Alba schien fast überzeugt. Sie nickte bedächtig. Nicht einmal Thomas protestierte. Einzig bei Lynn regte sich Gegenwehr. »Geld wofür?«

Darüber schien Linus nicht nachgedacht zu haben. Er kratzte sich verlegen am Haaransatz: »Keine Ahnung. Für uns?«

»Und dann baden wir darin? Wie Dagobert Duck im Geld-speicher? Das ist doch arm!«, ereiferte sich Lynn.

»Okay, und was machen wir stattdessen mit dem Geld?«, fragte Moritz, der schon wieder Kaugummi knatschte und am Reck lehnte.

»Wir spenden es«, schlug Lynn vor.

»Und wem?«, kam es von Roman.

»Da hätte ich was vorzuschlagen«, schaltete sich plötzlich und überraschend Thomas ein und trat einen Schritt vor. »Mein Vater will mit unserer Partnergemeinde in Brasilien so ein Jugend-Aus-tauschprojekt starten. Der will sowieso, dass ich da mit der Spen-denbüchse rumlaufe.«

»Hm …«, überlegte Lynn. Dann sagte sie nach einer Weile: »Okay, das können wir so machen.«

»Aber nicht mit Spendenbüchse und so«, ergänzte Linus. »Wir müssen unser Geld *verdienen,* nicht erbetteln.«

»Einverstanden«, meinte Thomas, »sonst habt ihr Chicks sowie-so nur Vorteile: Ihr müsst ein bisschen mit den Augen klimpern, die langen Haare schwingen und schon sind mehr Münzen in der Büchse als bei uns.« Mit den Händen deutete er einen Busen auf seiner Brust an und schwang die Hüften.

»Chicks?« Alba sah aus, als wolle sie Thomas für diesen Aus-spruch höchstpersönlich die Augen auskratzen.

»Ja, Chicks«, wiederholte Thomas, nahm aber sicherheitshalber ein paar Schritte Abstand zu Alba. »Und übrigens, ich werde dann das Geld höchstpersönlich den heißen Chicks an der Copacabana über-reichen. Das liegt in Brasilien, falls es jemand nicht weiß.«

Jetzt hätte ihm auch Knut am liebsten eins auf die Nase gegeben für diesen abschätzigen Blick zu ihm. »Und in Brasilien spielt man guten Fußball. Das ist *mein* Land! Und ich werde es als erster Jugendvertreter unserer Gemeinde besuchen.«

»Und warum grade du?«, fragte Alba. »Haben die keinen Besseren wie dich?«

»Weil ich der Sohn des Bürgermeisters bin. Weil ich toll Fußball spiele. Weil ich Klassensprecher bin. Es gibt einfach keinen Besseren.«

Linus räusperte sich. »Okay«, meinte er, »wir machen bei der Challenge mit. Aber unter der Bedingung, dass du deinen Platz abtrittst und ich nach Brasilien gehe, wenn wir gewinnen. Man kann doch keinen Deppen mit einem zweistelligen IQ und ohne Manieren dieses wichtige Amt ausfüllen lassen …«

»Vielleicht sollten sie lieber jemanden mit Sachverstand nehmen«, drängelte Alba. »Wenn wir gewinnen, gehe ich.«

»Aber mein Vater hat mir versprochen …«, setzte Thomas an.

»Das wird die Presse ja toll finden, wenn der Bürgermeister seinen eigenen Sohn vorzieht«, gab Alba zurück.

»Er muss sowieso denjenigen von uns nehmen, der die meiste Kohle für das Projekt ranschafft«, meldete sich Lynn zu Wort. »Das ist nur fair.«

»Keine Sorge, das werde sowieso ich sein«, brüstete sich Thomas und griff schon mal nach dem Pokal. Doch Flora war schneller und schnappte ihm die Trophäe weg: »Der bleibt erst mal bei Knut. Bis wir einen Gewinner haben.« Sie drückte Knut das hässliche Ungetüm in die Hand: »Hier. Pass gut auf ihn auf.«

Gerade wollte Knut danach greifen, als er hochschreckte. Romans

aufgebrachte Mutter war wie aus dem Nichts auf dem Spielplatz erschienen. Untersetzt, rotwangig und mit den Händen in den Hüften stand sie mit einem Mal mitten auf dem Spielplatz. »Ich weiß ja nicht, was ihr hier treibt, aber mein Sohn kommt jetzt mit nach Hause. Wir warten schon seit zwanzig Minuten mit dem Essen auf ihn!«

www.theoretikerclub.de/blog/chat

Albert, 17.9., 11:01

Also, habe ich das richtig verstanden? Es gibt noch mal eine Challenge? Wer am meisten Geld sammelt für dieses Austausch-Ding vom Breitstetter, gewinnt?

Roman, 17.9., 12:15

Puh, ich möchte echt mal wissen, wann meine Mutter aufhört, mich in die Kirche zu schleppen. Mittlerweile sollte sie wissen, dass ich nur noch dem RÖMISCHEN Glauben anhänge, nicht mehr dem römisch-KATHOLISCHEN.
Ja, so isses. Neue Challenge. Neues Glück. Neues Aufgabenfeld für Glücksgöttin Fortuna. Ich habe ihr vorsichtshalber gleich mal ein Nutellabrot gespendet.

Linus, 17.9., 12:17

Nutella ist aber nicht vegan. Isst du eigentlich wieder normal? Hast du es endgültig aufgegeben, deine Flora mit ihren seltsamen Essgewohnheiten zu kopieren?

Roman, 17.9., 12:19

Da würde ich ein altes Zitat von dir verwenden: Die Vernunft, mein Freund,

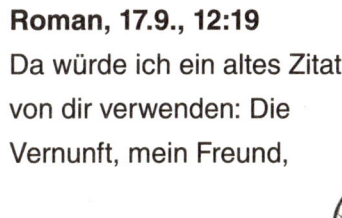

ist ein weites Feld. Ich lebe nicht mehr vegan, aber vege-
tarisch.

Linus, 17.9., 12:25

Aha. Immer noch wegen Flora? Ist dir vielleicht aufgefallen,
dass deine angehimmelte Veganerin gestern hemmungslos
Marshmallows gefuttert hat?

Knut, 17.9., 12:26

Marschmallows – na und? Da ist doch keine Salami drin. Und
außerdem weiß ich von Alba, dass Flora auch nur noch
Vegetiererin ist.

Linus, 17.9., 12:27

@Knut: Es heißt Marshmallows! Und V-E-G-E-T-A-R-I-E-
R-I-N! Kleinkind.
Ein Klick bei Google genügt. In Marshmallows ist neben Ei-
weiß auch Gelatine enthalten. Vegetarier(!) essen vielleicht
Eiweiß, aber keine Gelatine.

Roman, 17.9., 12:29

A) Wie du gesehen hast, haben wir die Marshmallows wieder
   ausgespuckt.
B) Bestimmt hat Flora für ihre eigene Challenge vegetarische
   Marshmallows besorgt. Die gibt's nämlich auch. Ein Klick
   bei Google genügt.

Albert, 17.9., 12:29

Können wir mal wieder zur Sache kommen? Und was soll das
jetzt mit der Challenge? Ich habe nämlich keinen Bock auf
eine weitere Challenge.

Linus, 17.9., 12:35

Willst du ausgerechnet jetzt kneifen?

Albert, 17.9., 12:37

Jawohl. Ich kneife. Ich habe reiflich abgewägt und dann das Schicksal entscheiden lassen. Ein Wurf meines Glückswürfels hat mir den richtigen Weg gewiesen: 1 bis 10 – ich mache mit. 11 bis 20 nicht. Fürs Protokoll: Es kam die 15.

Linus, 17.9., 12:41

Was habe ich nur für abergläubische Freunde: Der eine besticht römische Götter, der andere probiert es mit Glücksspiel. Ich hätte bei euch durchaus mehr Zutrauen erwartet in eure intellektuellen Fähigkeiten. Unsere Ausgangsposition war nie besser. Es gibt praktisch kaum was, bei dem wir unsere gnadenlose Überlegenheit besser demonstrieren können als auf dem wirtschaftlichen Gebiet. Mit einer systematischen, theoretikerschlauen Planung müsste es ein Leichtes sein, Geld aufzutreiben.

Albert, 17.9., 12:48

Wenn ich das vorher gewusst hätte, dass man allein mit systematischem Denken Geld verdient, dann wäre ich jetzt reich. Und müsste nicht mit einem Taschengeld weit unter dem Durchschnitt der Klasse leben. Nur weil blöde Sozialpädagoginnen-Mütter meinen, dass man sich pädagogisch wertvoll sein Geld selbst verdienen sollte. Pff, das zieht vielleicht bei Alba. Aber Babysitten ist nun mal echt nur was für Mädchen.

Knut, 17.9., 12:50

Ich mag's, wenn Alba sittet.
Dann gibt's immer lecker
Pfannkuchen.

Linus, 17.9., 12:51

Sag ich doch: Kleinkind. Du solltest aus dem Babysitter-Alter längst raus sein.

Knut, 17.9., 12:56

@Linus: Das Kleinkind geht jetzt Anno spielen. Papa hat eine neue Version bekommen mit mehreren Lizenzen.

@Albert und Roman: Wenn ihr wollt, könnt ihr auch kommen. Linus spielt ja nicht mit Kleinkindern.

Linus, 17.9., 13:05

Pfff, Wirtschaftsspiele! Ich spiele nicht Wirtschaft. Ich MACHE Wirtschaft!

Zwei Stunden später bereute Knut es fast, seine Freunde zu sich eingeladen zu haben. Albert und Roman hatten bald die richtige Taktik für ihre Computerspielpartie gefunden, und Knut konnte nur noch zusehen, wie sich die Anno-Wirtschaft seiner Freunde zunehmend entwickelte, während er scheinbar immer die falsche Strategie anwendete. Selbst als er nach einer Stunde seinen – ebenso spielebegeisterten – Papa Stefan um Hilfe bat, war nichts mehr zu retten – Albert lag vorn, Roman knapp dahinter und Knut war völlig abgehängt. Gemeinheit! Das hatte man nun davon, wenn man seine Freunde zu einem Spielchen einlud. Nie nahmen sie Rücksicht auf seine Schwächen!

Vor lauter Frust begann er, sich mit seiner kleinen Babykatze Marie abzulenken, die sich auf seinen Schoß geschmuggelt und nun schnurrend den Kopf auf seinem Unterarm abgelegt hatte. Dieses kleine kuschelige Fellknäuel wusste schon genau, wie sie das anstellen musste, dass Knut sie kraulte. Wenigstens einer hielt zu ihm.

Gelangweilt angelte sich Knut sein Tablet.

Alba hatte ihm eine WhatsApp-Nachricht geschickt. Mit einem angehängten Video. Da Knut im Spiel sowieso hoffnungslos hinten lag, konnte er genauso gut auch das Video anklicken.

Nur drei Sekunden später wünschte er, er hätte es besser nicht getan. Alba hatte ihm nicht irgendein Video geschickt, sondern ein ultragemeines. Das, was sie aus ihren Aufnahmen vom Vortag zusammengeschnitten hatte. Es begann mit einer Großeinstellung von Alberts nassem Hosenschlitz. Darunter erschien kurz darauf der Untertitel »Nicht ganz dicht?«

»Ach du Scheiße!«, entfuhr es Knut unwillkürlich.

»Was?«, fragte Roman und blickte von seinem Bildschirm auf. Als er sah, dass Knut sich mit seinem Tablet statt mit seiner Anno-Siedlung beschäftigte, fragte er: »Was is'n los?«

Aber Knut konnte ihm nicht mehr antworten. Gebannt verfolgte er das Geschehen auf seinem Tablet: Alba hatte Albert immer wieder dann aufgenommen, wenn ein neuer nasser Fleck auf seiner Kleidung erschienen war, und diese Bilder in schneller Reihenfolge hintereinandergeschnitten. Die nassen Flecken schienen irgendwie aus dem Nichts zu kommen, als würde unter seiner Kleidung irgendetwas Seltsames, irgendwas Fieses aufplatzen und ihm verräterische Pfützen beibringen. Gruselig.

Stefan beugte sich vom PC aus zu Knut rüber.

»Was ist denn das?«, fragte er neugierig und kicherte, als er sah, wie Albert immer nasser und nasser wurde. Knut wollte das Tablet schon wegziehen, aber Stefan hielt es auf

der anderen Seite fest, um besser sehen zu können. Sein Kichern hatte das Interesse von Roman geweckt, der aufstand und rüberkam.

»Zeig mal!«, meinte er.

Instinktiv rupfte Knut am Tablet. Wenn Roman das Video sah, würde es auch Albert sehen wollen. Und Albert sollte nicht mitbekommen, wie er lächerlich gemacht wurde. Bloß nicht! Knut hatte seinem Vater das Tablet beinahe schon entwunden, aber Romans Hand war trotzdem schneller. Fauchend sprang Marie von Knuts Schoß. Das wurde ihr zu ungemütlich.

»Was ist denn so geheim?«, fragte Roman. Und da sah er es auch schon: Alba hatte, nachdem sie jeden einzelnen Wasserbombentreffer auf Albert genüsslich zusammenmontiert hatte, eine Großaufnahme von ihm angefügt: Albert, genau in dem Moment, als ihn die Wasserbombe im Gesicht traf. Alles genüsslich in Slow-Motion, wobei man exakt die Verformung des Gesichts sah, während die Wasserbombe auftraf. Einfach nur beschämend. In Zeitlupe wirkte Alberts Gesichtsausdruck besonders unvorteilhaft.

Verstohlen linste Knut zu Albert hinter seinem Laptop. Hoffentlich hatte er nichts mitbekommen.

»Ach, du heilige Scheiße!«, entfuhr es aber nun Roman.

»Psst!«, fuhr ihn Knut an. Ein Fehler. Damit hatte er endgültig Alberts Aufmerksamkeit geweckt.

»Was habt ihr da?«, fragte der. Noch bevor Knut reagieren konnte, hatte Albert das Tablet in der Hand. Er brauchte nur einen kurzen Blick auf das Standbild mit der tröpfelnden Nase zu werfen und wusste, um was es ging.

»Das hast du von Alba, stimmt's?«, fragte er misstrauisch. Beklommen nickte Knut und blickte hilfesuchend zu seinem Vater, um dann hilflos zu stottern: »Das solltest du dir vielleicht nicht ansehen, ... Albert. Das ist nicht gerade nett.«

»Gerade drum. Dann will ich es erst recht sehen.«

Während Albert den Clip im Vollbildformat noch einmal abspielte, beobachtete Knut seinen großen Freund. Mit versteinerter Miene blickte dieser auf den Monitor. Keine Regung. Keine Zuckung. Nicht einmal zu blinzeln schien Albert, so lange bis das Video geendet hatte. Das allerletzte Bild hatte auch Knut noch nicht gesehen: Es zeigte Albert mit tropfenden Haaren in der Mitte. Rechts neben ihm, hinzumontiert, ein Foto von Roman mit vollgestopften Marshmallow-Hamsterbacken und knallrotem Kopf. Links davon, mindestens ebenso schlecht abgelichtet: Linus in Sand-Panade. Er hielt die Augen hinter seiner Nerdbrille zugekniffen, die mit Sand und Spucke verklebte Zunge vor Ekel weit rausgestreckt.

Wahrscheinlich gab es auf der ganzen Welt keine missrateneren Schnappschüsse von Knuts besten Freunden. Mucksmäuschenstill war es, nachdem das Video geendet hatte. Knut hatte vorsichtshalber auf Stopp geklickt, dass es nicht noch mal aus Versehen loslief. Keiner traute sich, auch nur irgendetwas zu sagen. Es schien eine Ewigkeit zu dauern, bis sich die Versteinerung aus Alberts Gesicht langsam löste. Aus kratziger Kehle presste er hervor: »Es ist ... mir egal, was ... die Würfel sagen. Jetzt gibt es Krieg.«

Kapitel 5

#internetmillionäre

www.theoretikerclub.de/blog/chat

Linus, 17.9., 19:56

Meine lieben Herren Mit-Theoretiker, während ihr euch also heute Nachmittag dem Laster, dem Spiel und der Zerstreuung hingegeben habt, habe ich harte Arbeit geleistet. Meine Zeit habe ich sinnvoll genutzt, Recherchen betrieben, Fachliteratur gewälzt und unser theoretisches Wissen vermehrt. Kurzum: Ich habe einen ultimativen Plan, wie wir am schnellsten, am besten, am effektivsten das allermeiste Geld auftreiben.

Roman, 17.9., 19:58

Aha, und wie?

Linus, 17.9., 20:01

Lasst mich mit meinen Vorüberlegungen beginnen. Zunächst habe ich genauestens die *Forbes*-Liste studiert.

@Knut: Das Magazin *Forbes* listet alljährlich die reichsten Menschen der Welt auf.

Auf Nummer 1 liegt Bill Gates, Gründer von Microsoft.

Auf Nummer 5 liegt Jeff Bezos, Gründer von Amazon.

Auf Nummer 6 liegt Mark Zuckerberg. Der hat Facebook erfunden.

Auf Nummer 12 und 13 die Google-Gründer Page und Brin.

Roman, 17.9., 20:14

Fein. Und was soll uns das jetzt sagen?

Linus, 17.9., 20:18

Das sagt uns Folgendes: Das sind alles Unternehmen, die erst ein paar Jahre, vielleicht ein oder zwei Jahrzehnte auf dem Markt sind. Das sind unsere wahren Vorbilder.

Roman, 17.9., 20:20

Und was sollen wir dann deiner Meinung nach tun? Die amerikanische Staatsbürgerschaft annehmen? Wenn ich mich nicht irre, sind das alles amerikanische Firmen.

Linus, 17.9., 20:25

Nein, natürlich bleiben wir hier. Vorerst. Ist dir der Zusammenhang echt nicht klar? Das sind allesamt Internetfirmen. Wir müssen irgendwas mit Internet machen.

Roman, 17.9., 20:32

Ok. Internet. Irgendwas. Und was genau?

Linus, 17.9., 20:33

Das ist ziemlich einfach. Ich habe mal nach guten

Geschäftsideen fürs Internet gegoogelt. Am erfolgversprechendsten sind:

1. Apps zu entwickeln,
2. Formeln finden, wie man bei Google schnell gefunden wird
3. Oder einen Online-Shop aufmachen.

Roman, 17.9., 20:35

Oh Pluto, hilf! Dafür braucht man Zeit, Geld oder ein Informatikstudium … Nichts, was wir irgendwie hätten.

Linus, 17.9., 20:37

Entweder du vertraust auf Pluto, deinen wankelmütigen Gott des Reichtums. Oder wir verfolgen meinen Plan 4:

WIR WERDEN YOUTUBE-STARS.

Roman, 17.9., 20:57

Sorry für die späte Rückmeldung. Musste erst meine Tastatur sauber machen, habe gerade Kakao daraufgeprustet. YOUTUBE-STARS?????????????

Linus, 17.9., 20:58

Jawohl, junger Padawan: YOUTUBE-STARS. Muss ins Bett, sagt Mama. Sind ja keine Ferien mehr. Wir sprechen uns morgen. Träume süß von deinem neuen Internet-Ruhm, lieber Freund. Morgen mehr dazu.

Im Leben der zukünftigen Youtube-Größen dämmerte ein gewöhnlicher, verhangener Montagmorgen. Albert, Roman und Linus schlappten müde zum Bus, Knut mit gebührendem Abstand hinterher. Auch jetzt als Viertklässler war er immer noch nicht gleichberechtigt mit den Gymnasiasten. Wie immer hatte er morgens auf dem Weg zur Schule nur eine Hör-, aber keinesfalls Redeberechti-

gung. Die Großen wollten öffentlich mit ihrem peinlichen, kleinen Groupie nicht gern in Verbindung gebracht werden.

»Ja«, dozierte gerade Linus, »mit lustigen Filmchen im Internet kann man schnell richtig viel Asche verdienen. Weil dort Werbung vorgeschaltet wird. Man bekommt pro angeklicktem Werbespot einen Anteil. Je mehr das Video anklicken, umso mehr sehen die Werbung. Desto mehr Geld gibt es für uns.«

Roman schien immer noch nicht ganz davon überzeugt. »Und Videos machen – das kann echt jeder?«

»Schau dir diese Schminktussis mal an. Die haben Hunderttausende von Abonnenten. Dabei sind sie weder besonders geistreich noch besondere Schönheiten. Wenn du die gesehen hast, dann weißt du genau: Wenn die das können, kannst du das auch«, gab Linus zur Antwort.

»Stimmt. Wenn sogar meine Schwester mit ihrem beschränkten IQ in der Lage ist, ein bekloppptes Video zu drehen, dann kann's wirklich jeder«, seufzte Albert. Erst jetzt, als Albert abfällig mit dem Arm fuchtelte, fiel der Blick von Linus und Roman auf das, was Knut natürlich längst aufgefallen war: Alberts rechte Hand war bandagiert.

»Was ist denn mit dir passiert?«, fragte Roman erschrocken. Doch bevor Albert antworten konnte, kam seine Schwester mit ihren Freundinnen an ihnen vorbei und zog ihm wie beiläufig mit dem Sportbeutel hinten eins rüber.

»Die«, antwortete Albert trocken, als sie weitergegangen waren, »die ist mir passiert.« Knut nickte verständnisvoll, obwohl Albert das hinter seinem Rücken gar nicht sehen konnte. »Wir haben uns geprügelt. Jetzt haben wir beide eine Woche lang Computerverbot.«

»Scheiße«, sagten Linus und Roman gleichzeitig.

»Ja, Scheiße. Und noch dazu scheiße-mega-ungerecht. Aber unsere Mutter glaubt mal wieder nur Alba und nicht mir. Dabei hat Alba doch angefangen. Mit ihrem Scheißvideo. Und dann hat sie es nicht nur an Lynn und Flora und Knut geschickt. Nein, sondern auch an die anderen Freundinnen aus der Klasse. Jetzt macht es bestimmt die Runde ...«

Alba, Albert, Roman, Linus, Lynn und Flora gingen wie Thomas und Moritz alle in die gleiche Klasse. Einmal weitergeleitet würde das Video rasend schnell die Runde machen.

»Diese miese Kröte«, fluchte Roman leise vor sich hin, während Linus sich schon wieder gefangen zu haben schien und bereits beim Dozieren war: »Umso wichtiger ist es, dass wir unseren Wettbewerb gewinnen. Wir können diesen Miststücken doch nicht die Macht überlassen. Jetzt erst recht nicht!«

»Du sagst es«, pflichtete ihm Albert bitter bei.

»Also, noch mal zurück zu meinem Plan ...«, fing Linus wieder an, »... wenn man auf Youtube ganz, ganz, ganz erfolgreich ist, dann gibt es sogar Firmen, die dafür zahlen, dass du in deinem Videokanal Werbung machst für sie. Solche Verträge bringen dann noch einmal mehr Kohle. Und wenn du ganz berühmt bist, winken TV-Auftritte, Ruhm und Reichtum ...«

Mehr hörte Knut nicht. Linus und die anderen Theoretiker

waren nicht mehr in Hörweite. Er musste anders abbiegen. Gut so, denn Knut musste über einiges nachdenken.

www.theoretikerclub.de/blog/dokumentation
Beitrag von Linus, 18.9., 16:32
»*Der Masterplan, um ein Mega-Youtube-Star zu werden*«
Dies sind nach meinen Recherchen die allerwichtigsten
Schritte, um dich zum Youtube-Star zu machen:

1. Den weltbesten, coolsten Namen aussuchen. Einen überraschenden, einen mit Anspruch.
2. Kanal unter diesem Namen einrichten.
3. Suche dir ein Thema aus, in dem du richtig gut bist. Richtig, richtig gut.
4. Suche dir einen Ort aus, an dem du dich richtig wohl fühlst. Drehe dort.
5. Mache a) lustige Sachen. Oder b) hilfreiche. Oder c) eine Mischung aus beidem.
6. Vernetze dich. Verarschen von anderen ist auch vernetzen.
7. Rede mit den Leuten, die sich mit dir vernetzen. Sei immer online.
8. Du brauchst viel Zeit.
9. Sei immer du selbst.
10. Sei immer du selbst.

www.theoretikerclub.de/blog/chat

Roman, 18.9., 18:31

Sei immer du selbst? Und wenn ich schon als ich selbst nicht besonders erfolgreich bin? Was dann?

Knut, 18.9., 19:35

Du kannst doch Spieletester werden.

Da gibt's ganz gute Videos auf Youtube.

Linus, 18.9., 19:37

Genau, einige der erfolgreichsten Youtube-Stars sind auch Spieletester.

Roman, 18.9., 19:41

Aber ich verliere doch meistens.

Linus, 18.9., 19:45

Stimmt. Dann was anderes. *Siehe Punkt 3: Suche dir ein Thema aus, in dem du richtig, richtig gut bist.*

Roman 18.9., 19:50

Kochen? Origami?

Linus, 18.9., 19:58

@Knut: Und, schon eine Idee?

Knut, 18.9., 20:05

Muss ins Bett. Habe keine Idee.

Das war nur die halbe Wahrheit. Der Teil mit Bett stimmte. Der andere Teil mit Idee war gelogen. Knut *wollte* überhaupt gar keine Idee haben. Er würde diesen Wettkampf nicht mitmachen. Schon als sie beim Spielplatz diese letzte Challenge ausgeknobelt hatten, war ihm nicht wohl dabei gewesen. Spätestens aber, seitdem Knut Alberts Hand gesehen hatte, wusste er genau, woher dieses dumpfe

Gefühl schwarzer Vorahnung herkam. Alba und Albert waren auch ohne Challenge bereits die größten Streithähne, die er kannte.

So ein Wettbewerb konnte zu nix Gutem führen. Erinnerte sich eigentlich niemand mehr daran, was im Mai passiert war, als das letzte Mal der Streit zwischen den Mädchen und den Theoretikern so ausgeartet war? An dieses ganze unglückselige Dilemma mit geklauten Glückswürfeln, gefälschten Tagebüchern, Baumhäusern, die abmontiert wurden und einem Einbruch in ihren Blog? Schließlich hatte er sogar noch in einen eiskalten Weiher springen und sein Leben riskieren müssen, damit sie endlich alle wieder zur Besinnung kamen.

Nein, nein, nein. Knut fühlte sich massiv unwohl bei dem Gedanken, dass Alba und Albert wieder miteinander wetteiferten. Das gemeine Video und die verletzte Hand waren doch deutliche Anzeichen dafür, dass der Streit schon wieder auszuarten drohte.

Deswegen: Er würde nicht mitmachen bei der Challenge. Punkt. Er würde keinen besonders ausgeklügelten Plan schmieden, um viel Geld für die Aktion des Bürgermeisters zu sammeln.

»Das ist doch bloß mal wieder eine von Linus' dummen Schnapsideen«, flüsterte er seinem Kätzchen Marie zu, das sich in seinem Arm zusammengerollt hatte. »Die funktionieren nämlich nie!« Als ob Marie ihn verstanden hätte, kuschelte sie sich zur Bestätigung noch einmal enger in die Kuhle vom Ellenbogen, streckte sich und machte sich lang. Manchmal hatte Knut wirklich den Eindruck, dass seine Katze mehr Verstand hatte als die ganzen Theoretiker, die Mädchen und die Thomas-Bande zusammen.

Kapitel 6

#schadensbegrenzung

Knut Jenssen

Kann ich mal mit dir reden? Allein? Wollen wir uns auf dem Weg zum Bus treffen? Fünf Minuten früher als sonst?

6:59

Knut Jenssen

Alba? Bitte? Ist wichtig. Sonst würde ich nicht fragen.

7:03

Knut Jenssen

Alba?

7:10

Knut Jenssen
Alba, hier ist Knutschi. Kannst du mal antworten? 7:13

Knut Jenssen
Alba, hier ist Knutschi. Kannst du mal antworten? 7:13

Knut Jenssen
Alba, wenn du jetzt auch losgehst: Wir treffen uns bei mir, ja? 7:15

Knut Jenssen
Wenn möglich, komm allein. 7:16

Als Knut vor die Tür trat, sah er sofort, dass Alba seine Nachricht nicht gelesen hatte. Alba, die ihm schon hundert Meter voraus war, war nicht nur nicht allein. Sie führte einen ganzen Trupp an Begleitpersonal mit sich. Flora und Lynn sowieso. Aber auch Moritz war dabei. Und Thomas auch. Beide trugen komische Kisten mit sich herum, die sie mit weißen Tischdecken abgedeckt hatten. Gerade lupfte Thomas mit viel Tamtam wie ein Zauberer seine Decke und gewährte Alba einen Blick auf das Geheimnis darunter. Flora und Lynn machten laute beifällige Geräusche. Aber als Knut zu der Gruppe aufschloss, ließ Thomas schnell wieder das Tuch auf seine Zauberkiste sinken. »Nix für kleine Spione!«, giftete er.

Knut zog es vor, den oberarroganten Heinz zu ignorieren und stattdessen gleich Alba anzusprechen: »Kann ich heute Nachmittag zu dir kommen? Ich bräuchte … ähm …«, Knut fahndete fieberhaft nach einer glaubhaften Ausrede, »ähm … Nachhilfe. In Mathe.«

Verflixt, das klang nicht wirklich glaubhaft.

»In Mathe?«, fragte deshalb auch Lynn. »Von Alba?« Ihre Freundin war nicht gerade dafür bekannt, ein Mathegenie zu sein.

»In der zweiten Woche des Schuljahrs?«, setzte Flora drauf.

»Jaaa«, knurrte Knut, »schließlich muss ich von Anfang an gut sein in der Vierten. Ich will aufs Gymnasium.«

»Und da können dir deine Theoretiker-Freunde nicht besser helfen?«

Mist! Sogar Alba war skeptisch.

Knut beschloss, sich nicht weiter zu rechtfertigen: »Es ist wichtig. Bitte. Wann darf ich kommen?«

»Um vier? Okay?«

»Okay. Wenn ich es nicht rechtzeitig schaffe, schicke ich dir eine App, ja?«, fragte Knut zurück.

»App geht nicht. Mama hat mein Handy kassiert. Eine Woche Computerverbot!«

Jetzt war Knut natürlich klar, warum Alba vorhin nicht geantwortet hatte.

www.theoretikerclub.de/blog/chat
Roman, 19.9., 16:14
Leute, ich komme morgen nicht in die Schule. So geht das nicht weiter. Wenn sie mir noch einmal Marshmallows auf den Sitz legen, damit ich mich draufsetze, gehe ich nicht mehr in die Schule. Basta. Vorher allerdings werde ich Alba den Hals umdrehen.
Linus, 19.9., 16:27
Das ist aber strafbar.

Roman, 19.9., 16:30

Na und? Ist es etwa nicht strafbar, solche Videos zu verbreiten?

Linus, 19.9., 16:35

Perfide. Dafür gibt es keinen anderen Ausdruck als: perfide. Und primitiv. Dass man die Hilflosigkeit Unschuldiger ausbeutet! Früher wären bei solchen Gelegenheiten Revolutionen ausgebrochen. Das Volk wäre auf die Barrikaden gegangen …

Roman, 19.9., 16:42

Na ja.

Linus, 19.9., 16:45

Es hätte einen Putsch gegeben und die Machthaber wären vom Thron gestürzt worden! Jawoll!

Roman, 19.9., 16:50

Immerhin habe ich Flora eins von den Marshmallows angeboten. Und: Sie hat es gegessen! Trotz Gelatine!

Linus, 19.9., 16:55

Wohlan. Hoffentlich eines von den platt gesessenen Marshmallows.

Roman, 19.9., 16:57

Nein, das nicht. Auch keines aus meinem Federmäppchen. Der Spitzerdreck ist bestimmt ungesund. Aber ich habe mich trotzdem ganz perfide gerächt: Ich habe ihr nicht gesagt, dass da Gelatine drin ist.

Linus, 19.9., 17:10

Und wie steht's mit einer geeigneten Idee für

deinen ultimativen Youtube-Kanal? Hast du da schon mal einen Gedanken drauf verschwendet?

Den neuesten Blog-Eintrag hatte Knut noch gar nicht gelesen. Denn während sich Linus und Roman unterhielten, saß Knut bei Alba im Zimmer. Seit die Schule wieder losgegangen war, schien es hier noch chaotischer zu sein als sonst. Zu den verschiedenen Schichten Kleidern, Büchern, Schmuck und Tüchern gesellten sich auf dem Boden noch Schulbücher, Hefte, Stifte und Kram. Knut war es schleierhaft, wie Alba hier den Überblick behielt.

Alba lackierte sich gerade die Fußnägel abwechselnd in Flieder, Neongrün und Gelb. Knut hütete sich, zu dieser gewagten Kombination auch nur einen winzigen Kommentar abzugeben. Mädchen waren – was Schminke betraf – unergründlich, schwierig und zickig. Das hatte er in den langen Jahren ihrer Freundschaft gelernt. Und Alba war sehr stolz auf ihren besonders wilden Geschmack, den man niemals anzweifeln durfte. Schon gar nicht dann, wenn man etwas von ihr wollte, nämlich Folgendes: »Du, Alba, das Video, das du mir geschickt hast ...«

»Ah, darum geht es also«, unterbrach ihn Alba, »und nicht um Mathe oder so.«

»Nein, es geht nicht um Mathe«, musste Knut zugeben. Ihm fiel gerade auf, dass er nicht mal ein Alibi-Heft mitgenommen hatte. »Es geht um das Video ...«

»Deine Freunde haben dich also vorgeschickt, damit du mit mir redest und mir ein schlechtes Gewissen machst?«

»Keiner hat mich geschickt. Das Video finde ich von ganz alleine blöde.«

Alba hielt beim Pinseln inne. »Und was soll ich jetzt auf deine Meinung geben?«, fragte sie, und Knut meinte, einen Hauch von Feindseligkeit im Ton zu hören. »Du bist doch ständig mit diesen Intelligenzbestien zusammen. Im Zweifel hältst du doch zu Albert.«

»Aber ich war Schiedsrichter. Erinnerst du dich? Ganz neutral für alle.«

»So?«

»Als Schiedsrichter gesagt: Wenn du dieses Video anderen zeigst, ist das echt gemein. Das ist so was wie Verpetzen! Es reicht doch, wenn nur wir es kennen.«

Aber Alba ließ sich nicht beirren: »Ach, da hat ganz plötzlich jemand Mitleid mit meinem nutzlosen Bruder. Sorry – das Video macht schon die Runde. Nix zu ändern. Deine Sorge kommt zu spät, kleiner Hirnfurz.«

Autsch, das war echt gemein! Was war denn in die gefahren? Knut hatte ihr doch gar nichts getan.

Doch so schnell würde er sich von seiner Mission nicht abbringen lassen: »Ich hätte auch mit dir Mitleid, wenn Albert so etwas über dich verbreiten würde.«

»Hast du nicht«, widersprach ihm Alba. »Vor den Ferien hat Albert, diese Petze, ein Foto von mir beim Hip-Hop-Training im Wohnzimmer rumgeschickt. Wenn ich mich entsinne, hast du dagegen nicht mal protestiert.«

»Das Foto kenn ich nicht mal«, stritt Knut ab. »Das ist das erste Mal, dass ich davon überhaupt höre.«

»In der Klasse kannten es aber alle Jungs. Alle! Und alle haben sie Witze gerissen, weil man mir zu tief ins T-Shirt gucken konnte. Am allerlautesten Thomas, dieser Drecksack!«

»Nicht alle. Ich mache nie Witze über dich ...«, wollte Knut sagen, aber so weit kam er gar nicht. Denn aus dem Flur drang Geschimpfe zu ihnen hoch. Albas Mutter Margit stritt dort mit Albert, der wohl gerade erst heimgekommen war.

Ihre aufgeregte Stimme drang nach oben: »Wo bist du gewesen? Ich habe vor drei Stunden mit dir gerechnet!«

»Mit dem Bus verfahren. Ich bin einfach in den falschen Bus gestiegen nach der Schule«, antwortete Albert. Er klang im Gegensatz zu seiner Mutter noch ganz ruhig.

»Drei Stunden lang warst du mit dem Bus unterwegs?« Margits Stimme überschlug sich fast.

»Ja, dann habe ich den falschen Bus zurückgenommen, dann war ich leider schon fast in der Stadt. Am Ostbahnhof bin ich dann in die falsche S-Bahn gestiegen und musste wieder zurückfahren. Dann habe ich die richtige S-Bahn genommen, aber den Bus nicht mehr erwischt. So spät am Nachmittag fährt nur jede Stunde einer ...« Angesichts dieser Odyssee klang Alberts Stimme erstaunlich gelassen.

Mutter Margits dagegen überhaupt nicht.

»Kannst du dir vorstellen, welche Sorgen ich mir hier gemacht habe? Ich war ganz außer mir!«

Albert schien darauf wohl nicht einzugehen, man hörte ihn nur sagen: »Ach ja, und kontrolliert worden bin ich auch noch. Meine Fahrkarte gilt nicht bis zum Ostbahnhof. Hatte kein Geld dabei, hier ist der Bescheid, den müssen wir noch überweisen ...«

»... Sorgen gemacht, hörst du? Ich dachte, dir sei sonst was passiert! Warum hast du nicht angerufen? Für was hast du denn sonst ein Handy?«

Knut meinte, Albert kurz auflachen hören zu können. »Mama«, sagte er. »Mama: Ich habe gerade kein Handy! Das hast du mir abgenommen. Computerverbot!«

Kurz danach hörte man es im Erdgeschoss rumpeln. Jemand zog Schubladen auf und warf sie wieder zu. Dann hörte man wieder die Stimme von Margit: »Hier. Wehe, du rufst das nächste Mal nicht an!«

So als hätte Alba nur auf dieses Stichwort gewartet, sprang sie mit einem Satz von ihrem Bett auf, stieß beinahe das Tablett mit den Nagellacks um, rannte aus dem Zimmer und polterte die Treppe hinab.

»Wenn der Idiot nur fürs Idiotsein und fürs Nicht-mal-Busfahren-Können sein Handy zurückkriegt, will ich meins auch wieder!«, schrie sie dabei.

Knut brauchte nicht weiter zuhören: Albert und Alba waren mittendrin in einer neuen Etappe ihres immerwährenden Kleinkriegs. Besser, wenn er sich trollte.

www.theoretikerclub.de/blog/chat
Roman, 19.9., 20:01
@Albert. Ist die Taktik aufgegangen? Hast du das Handy wieder? Wann warst du zu Hause?

Albert, 19.9., 20:15

Jawoll, hab's wieder. War nur drei Stunden weg und meine Mutter ist vor Sorge eingeknickt wie ein Bambushalm. Das Dumme ist: Alba hat ihr Handy auch wieder. #soeindreck

Roman, 19.9., 20:18

Sic lutum (@Knut: »So ein Dreck« auf Latein). Hoffentlich macht sie keinen weiteren Blödsinn mit dem Video.

Albert, 19.9., 20:20

Kann nicht so viel tippen. Ist auf dem Handy doof. Bis morgen!

Linus, 19.9., 20:41

Ein echter Weltherrscher steht über derlei Anfeindungen des Pöbels. Also: Wir ignorieren einfach, was die tun. Dann hört es schon irgendwie auf.

Roman, 19.9., 20:45

Tuum verbum in aurem dei. (@Knut: »Dein Wort in Gottes Ohr«).

Linus, 19.9., 20:50

Statt uns mit diesen irdischen Sorgen und Ablenkungen aufzuhalten, sollten wir uns lieber mit dem Weg zur Weltherrschaft beschäftigen. Meine Herren, ich erwarte bis morgen Vorschläge, wie wir unseren Challenge-Gegnern unsere Überlegenheit beweisen können. Wir dürfen nicht zögern. Mir scheint, Thomas und seine Kumpanen haben bereits was am Laufen.

Roman, 19.9., 21:01

Bis morgen? Ist das nicht ein bisschen knapp?

Linus, 19.9., 21:05

Orientiere dich an mir. Ich habe schon einen genauen Plan. Er muss nur noch zu Papier gebracht werden.

Kapitel 7

#weltherrschaftlicherplan

www.theoretikerclub.de/blog/dokumentation

Beitrag von Linus Kurz, 20.9., 16:15

Video-Kanal Linus Kurz

»Der Masterplan für die Weltherrschaft«

Vorüberlegungen: Ein derartiger Kanal erfüllt nach meinen
Recherchen alle Kriterien, um auf Youtube ein großes
Publikum zu erreichen:

a) ein unfehlbarer Name

b) wegweisende und nützliche Inhalte

c) eine originelle Präsentation

d) normale Personen, mit denen man sich
   identifizieren kann.

Inhalt: Ein Kurs, wie man die
Weltherrschaft erreicht.

Moderator Linus Kurz

wird anhand wissenschaftlicher Methoden und ausgedehnter Recherche vortragen, welche Faktoren dazu nötig sind, um heutzutage Weltherrscher zu werden.

Ort: Um es authentisch wirken zu lassen, wird an meinem Schreibtisch gedreht. Kamera: Roman, Licht: Albert, Ton-Assistenz: Knut

Zeit: Samstag, 23.9., 11 Uhr MEZ

Drehbuch folgt. Wird derzeit erstellt.

www.theoretikerclub.de/blog/chat

Linus, 20.9., 16:55

So, meine Herren Theoretiker, meine Idee für einen erfolgreichen Youtube-Kanal steht fest. Wie ist es bei euch?

Roman, 20.9., 17:12

Ähm, ja, ich habe da eine Idee, aber ich weiß nicht so recht.

Albert, 20.9., 17:20

Können wir uns nicht draußen treffen? Tippen auf dem Handy ist ätzend.

Knut, 20.9., 17:21

Es regnet. Es ist kalt. Und außerdem sehe ich mir gerade mit Marie *Aristocats* an.

Linus, 20.9., 17:25

1. @Knut: Katzen können nicht fernsehen wie wir. Sie sehen das Ganze als Einzelbilder. Wenn Marie also sowieso nur Einzelbilder sieht, kannst du auch mittendrin aufhören.

2. Wichtige Regel: Für die Weltherrschaft muss man auch Opfer bringen können. Deswegen: Wir treffen uns am Spielplatz, 17:30 MEZ.

Jedes Mal, wenn die Theoretiker am Spielplatz zusammenkamen, musste Knut traurig an ihr altes Baumhaus denken. Die Mädchen und die Thomas-Bande hatten das alte Zuhause der Theoretiker als Racheakt im Frühjahr abgebaut – fein säuberlich, Balken für Balken, Brett für Brett. Diese Aktion hatte sie alle bis aufs Mark erschüttert, sodass sie kein neues mehr aufzubauen wagten. Im Sommer hatten die Theoretiker deswegen einen neuen Draußen-Stützpunkt bezogen, den Spielplatz inmitten ihrer Siedlung.

Ein idealer Treffpunkt: Seit sämtliche Katzen des Umkreises die Sandkiste regelmäßig als Klo benutzten, waren nur noch wenige Kleinkinder dort zu finden. Meistens war man unter sich. Es gab unterhalb der Plattform für die Rutsche sogar so etwas wie einen Unterstand, wenn es mal regnete. So wie gerade jetzt.

Albert, Roman und Linus quetschten sich darunter, der große Albert leicht angewinkelt. Knut bekam den Ausweichplatz unter der Rutsche. Links und rechts tropfte es auf seine Schulter. Wie viel lieber wäre er jetzt im Warmen bei seiner Katze!

»Lasst hören, was ihr euch ausgedacht habt. Was hast du für eine Idee, um uns den Siegpokal zu holen?«, fragte Linus und fixierte als Ersten Roman.

Der räusperte sich, wandte den Blick ab und schien stattdessen seine Turnschuhe eingehend zu mustern.

»Ja, also, ich dachte, weil doch, weil du sagst, man muss Experte in was sein, also bei Youtube … also, also, meine Idee ist: ein Tutorial für Origami!« Nach dem ersten Zögern schoss diese letzte

Feststellung mit einem Mal aus Roman heraus. Gespannt blickte er Linus an.

Linus' Antwort war skeptisch: »Roman, hast du schon mal nachgesehen, ob das wirklich was Neues ist und ob es dazu nicht schon Dutzende von Videos gibt?«

»Doch, doch, gibt es«, gestand Roman. »Die alten haben jeweils Millionen von Aufrufen gekriegt. Könnte also klappen. Ich dachte an ausgefallenere Origami-Figuren: Römische Götter wie Jupiter, Athene, Mars ... Oder Superhelden.«

Linus unterbrach schon wieder: »Okay. Vorschlag notiert. Das hier ist ein Brainstorming. Diskutiert wird später. Was ist deine Idee, Albert?«

»Ganz ehrlich? Ich wollte ein Buch schreiben«, sagte Albert.

»Ein Buch?« Dieses Mal verbarg Linus seine Skepsis nur ungenügend.

»Ja, ich habe ja gerade keinen Computer und deswegen muss ich was Analoges machen.«

»Was Analoges? Aber Tippen auf dem Handy ist dir zu viel? Willst du etwa mit der Hand schreiben?« Unverhohlenes Unverständnis schlug Albert entgegen.

»Hey«, ermahnte Knut. »Das ist ein Brainsturm. Diskutiert wird später! Was für ein Buch?«

»Ich dachte an so etwas wie: ›Warum die Monster im Alltag immer stärker sind als du.‹ Den Titel finde ich ziemlich cool. Habe lange drüber nachgedacht. Und damit habe ich sie alle erschlagen: Das Mega-Monster Alba, meine monsteranstrengende Mutter, die monsternervende Thomas-Bande. Alle.« Albert blickte triumphierend in die Runde, aber als sich das Echo auf seinen enthusiastischen Vortrag in Grenzen hielt, holte er noch einmal aus: »Ich habe schon zwei Absätze. Und ich habe eine neue Monsterkategorie erfunden: Hochkant-Arschlöcher und Arschlöcher im Querformat. Soll ich euch die mal erklären …«

»Nein«, beschied ihm Linus. »Das führt jetzt zu weit. Hören wir lieber, was unser jüngstes Mitglied zu bieten hat. Vielleicht steckt ja hinter dieser kleinen Stirn der großartigste, der weltgrößte Plan zur Weltherrschaft.« Linus tippte seinem kleinen Freund Knut auf den Kopf.

Augenblicklich fühlte sich Knut ertappt. Er schämte sich, vor Linus mit leeren Händen dazustehen, und hasste es, wenn er sein großes Vorbild enttäuschen musste. Doch sein Entschluss stand fest: »Ich mache nicht mit.«

Es dauerte nur zwei Sekunden, bis Linus diese Nachricht verdaut hatte: »Wieso jetzt schon wieder? Ist das wieder einer deiner ›Das ist aber nicht fair‹-Anfälle?«

»Das ist kein Anfall«, rechtfertigte sich Knut, aber Roman kam ihm sowieso zu Hilfe: »Die Welt funktioniert nicht immer nach deinem Plan, Linus. Lass ihn wenigstens mal ausreden.« Dankbar sah Knut zu Roman und fuhr dann fort: »Es IST unfair. Die Thomas-Bande ist zu dritt, die Mädchenbande ist zu dritt. Wir sind zu viert.«

»Ach was«, sagte Linus. »Das ist deren Problem. Wenn wir gewinnen wollen, können wir uns doch keine Spielregeln auferlegen, die für uns ein Nachteil sind. Darauf hätten Alba und Thomas uns gleich zu Anfang hinweisen müssen. So wie man

beim Schnick-Schnack-Schnuck auch vorher ›ohne Brunnen‹ sagen muss.«

Aber Knut ließ sich nicht beirren: »Und außerdem bin ich zu jung fürs Geldverdienen. Sagt sogar Birgit.«

»Meine Mutter weiß auch nicht, was ich auf Youtube plane. Ich bin doch nicht so blöd und weihe alle in meine Pläne ein. So was machen nur irrsinnige Superschurken, die unterbewusst dann doch noch gestoppt werden wollen.«

»Ich bin trotzdem zu jung«, wiederholte Knut verbissen.

»Unsinn. Der libysche Präsident Gaddafi war 27, als er an die Macht kam. Den schlägt niemand in meinem Diktatoren-Quartett! Merke: Man ist nie zu jung für die Weltherrschaft.«

»Aber nicht, wenn man gar kein Weltherrscher werden will.« Diesen Satz zu sagen kostete Knut beinahe schon Überwindung. Wie machte Linus das immer nur? Er hatte ein unwiderstehliches Talent, Knut mit seinen Argumenten so in die Zange nehmen zu können, dass selbst seine allerfestesten Absichten weich und nachgiebig wurden wie eine Schwimmnudel. Links und rechts tropfte es von der Rutsche weiterhin auf seine Schulter und er fühlte sich auch schon ganz begossen.

Doch überraschenderweise schien Linus aufgegeben zu haben: »Na schön. Zum Erfolg gehört auch zu erkennen, welche Wege mit großer Sicherheit in die Sackgasse führen.«

Damit wandte sich Linus wieder Albert zu: »Analog jedenfalls führt uns in die Sackgasse. Ein Buch! So was von idiotisch!«

»Aber nicht irgendein Buch. Ein neues Monsterhandbuch!«, rief Albert aus.

»Und wann willst du dieses Buch veröffentlichen? In drei Jahren?

Wir brauchen den Erfolg jetzt. JETZT. In zweieinhalb Monaten ist Zahltag.«

Resigniert senkten sich Alberts Schultern. »Aber die Idee mit den Hochkant-Arschlöchern ist trotzdem gut«, murmelte er. Knut nickte wie ein Wilder, aber das sah niemand.

»Kommen wir zu dir!« Durch seine Brillengläser fixierte Linus nun Roman, der ihm einen ängstlichen Blick schenkte. Bestimmt befürchtete er die gleiche Standpauke wie Albert und Knut.

»Origami? Bist du sicher?«

Roman nickte und schob sich die rote Brille hoch. »Darin bin ich Experte. Und ich habe auch nachgelesen: Wenn man viel Resonanz haben will mit einem Kanal, dann muss man etwas machen, wofür man wirklich brennt.«

»Und du brennst wirklich für Origami?«

»Ja, tu ich.«

Linus seufzte: »Na schön. Wir nehmen am Samstag auch dein Video auf.«

www.theoretikerclub.de/chat/dokumentation
Beitrag von Linus, 21.9., 20:13
»Der Masterplan für die Weltherrschaft«
Geplante Lektionen

1. Plan
2. Girls, Gadgets, Größe
3. Geld
4. Hol dir einen Handlanger, eine rechte
   Hand für die Drecksarbeit.
5. Eliminiere deine Feinde

6. Eliminiere deine Seele (Vorbilder: Voldemort, Gru)
7. Ausstattung: Fiese Maske, fieser Blick, schwarzer Umhang, diabolisches Kostüm, Helden-Fahrzeug (inklusive Führerschein oder Chauffeur)
8. Schaffe dir eine Armee getreuer Leute (Vorbild: Minions)
9. Verbreite Angst und Schrecken. Quäle Unschuldige
10. Hole dir die Macht und lasse sie nicht wieder los.

www.theoretikerclub.de/blog/chat

Linus, 22.9., 18:25

@Albert, @Roman: Habt ihr mitbekommen, was Thomas und Moritz treiben? Die verschwinden in den großen Pausen immer wieder im Keller. Kommt's nur mir so vor oder ist gerade mehr los da unten? Die führen doch irgendwas im Schilde.

Roman, 22.9., 18:34

Das ist mir auch schon aufgefallen, dass jetzt viele in den Keller runtergehen. Es muss irgendwas mit den Kisten zu tun haben, die Moritz und Thomas neuerdings immer in die Schule mitbringen.

Linus, 22.9., 18:44

Seltsam, das müssen wir im Auge behalten.

www.theoretikerclub.de/chat/dokumentation

Beitrag von Linus, 22.9., 23:41

Drehbuch »Der Masterplan für die Weltherrschaft – Teil 1: Der Plan«

Requisiten: Flipchart, *Risiko*-Spiel, DVD-Box *James Bond*,

Sparschwein, Hauspokal, Sonnenbrille mit darübergeklebtem schwarzen Balken, Diktatorenbart, Bastelmaterial
Ausstattung: Kamera, PC
Regieanweisungen in doppelter Klammer. Beispiel:
((Klammer))

Trailer
– Geräusche-App »Fanfare«
– Schilder werden in die Kamera gehalten: »Der Masterplan für die Weltherrschaft«, danach »Teil 1 Der Plan«. Dazu Geräusche-App »lautes Stempelgeräusch«
– Geräusche-App »frenetischer Jubel«

Hauptteil
((Schnitt auf mich, der am Schreibtisch sitzt. Dahinter aufgehängt das Risiko-Spielfeld.))
»Willkommen, meine lieben Zuschauer und Zuschauerinnen. Heute erkläre ich dem geneigten Publikum …« ((Kamera neigt sich)) »… ein Berufsbild, das immer beliebter wird: der Weltherrscher.«
((Geräusche-App: »Fanfare«))
»In unzähligen Büchern und in unzähligen Blockbustern ist über ihn berichtet worden. Was er zu tun hat, wie er an die Macht kommt und durch welch blödsinnige Zufälle er dann doch scheitert. Wir wollen nun unsere wissenschaftlichen Erkenntnisse zusammentragen und sie für alle verfügbar

machen. Mein Name ist Linus S. Schurke, und ich werde in den kommenden Sendungen die zehn Faktoren vorstellen, die aus jedem kleinen Praktikanten einen großartigen Welt- herrscher machen. Befolgt ihr diese Tipps gewissenhaft, so steht eurer eigenen Weltherrschaft nichts mehr im Wege.«
((Geräusche-App: »Fanjubel«. Ich stemme den Hauspokal in die Höhe.))

»Zuallererst brauchen wir einen Plan.«
((Die Kamera schwenkt auf das Flipchart zu meiner Rechten.))
»Detaillierte Planung ist das A und O jeder Operation und hier noch das A bis Z. Dies soll uns verdeutlichen, dass die meis- ten Schurkenpläne einfach zu kurz greifen. Im Plan wurde alles bis zur letzten Konsequenz durchgespielt. Dies ist der Grund, warum bis heute niemand wirklich Weltherrscher geworden ist, obwohl viele es schon versucht haben.«
((Ich male die zusätzlichen Buchstaben von P bis Z an das Flipchart und schreibe in Rot »wichtig« darunter.))
»Euren Plan könnt ihr frei wählen. Dabei könnt ihr euch auch bestehender Konzepte bedienen: Ich empfehle zum Beispiel, eine Terrororganisation einzurichten wie Spectre von *Ernst Stavro Blofeld*. Oder: Die Schwächung der Weltwirtschaft durch jemanden wie *Goldfinger*. Oder: Ihr reißt die Presse an euch, so wie in *Der Morgen stirbt nie*. Die höchst hilfreiche DVD-Box *James Bond* sollte deshalb in keinem gut informier- ten Weltherrscherhaushalt fehlen.«
((Ich stelle die Box auf meinen Schreibtisch.))
»Natürlich bleibt der ultimative Plan ganz eurer eigenen Fan- tasie überlassen. Ihr könntet beispielsweise auch die Welt mit

einer neuen Eiscremesorte süchtig machen, die an Schulen kostenlos verteilt wird. Danach treibt ihr die Preise in die Höhe und liefert zuletzt keine neue Ware mehr aus. Nachdem ihr die Welt gezielt ins Verderben geführt habt, steht eurer Machtübernahme nichts mehr im Weg.«

((Ich male ein Eis auf das Flipchart, viele Dollarzeichen, dann streiche ich das Eis durch und male eine Krone stattdessen.))

»Diese Weltherrschaftsidee könnt ihr übrigens in Lizenz bei uns erwerben, es werden dafür nur kleine Lizenzgebühren fällig. Bedenkt dabei: Das ist nur eine kleine Investition in eure großartige berufliche Zukunft!«

((Ich stelle ein Sparschwein auf den Schreibtisch.))

»Doch Halt! Einen letzten Ratschlag muss ich euch noch auf den Weg geben: Weltherrschaftspläne sind immer, IMMER geheim zu halten. Zum einen, weil sie kopiert werden könnten und dann womöglich einem noch niederträchtigeren Konkurrenten zum Durchbruch verhelfen. Zum anderen, damit heldenhafte Gegenspieler diese nicht in letzter Sekunde durchkreuzen können. Unter das Betriebsgeheimnis des Weltherrschers fällt auch, gegnerische Helden NIEMALS erst nur zu foltern und ihnen dann den Plan zu erklären. Die Filmgeschichte lehrt uns, dass die allermeisten Gegner so entkommen sind und der Superschurke sein Ende findet. Also: Gebt A) niemals euren Plan zu erkennen und …«

((Das schreibe ich auf das Flipchart und klebe dann einen schwarzen Balken drüber.))

»B) auch nicht euch selbst.«

((Ich ziehe den Diktatorenbart und die Brille mit schwarzem Balken auf.))

»So, das war die erste Folge von *Der Masterplan für die Weltherrschaft*. Wir sehen uns am kommenden Montag wieder. Da beschäftigen wir uns mit dem Machtfaktor Girls, Gadgets und Größe. Bis dahin grüßt euer Linus S. Schurke.«

((Eine Erkennungsmelodie wäre nicht schlecht. Roman, du spielst doch Klavier? Kannst du auf dem Piano-Tiles-Spielfeld nicht irgendetwas Episches klimpern?))

www.theoretikerclub.de/blog/chat

Roman, 23.9., 7:13

Piano-Tiles hat kein Freispielfeld. Und meine andere Piano-App klingt scheiße, aber wenn du meinst …

Ich habe für mein Video die »Träumerei« von Robert Schumann genommen. Selbst am echten Klavier eingespielt. Dann gibt's kein Lizenzproblem mit der Musik. Mein Video ist übrigens fertig und schon da:

Roman, 23.9., 7:15

Roman hat einen Link gesendet

Albert, 23.9., 9:58

Wann bist du eigentlich samstagmorgens wach? 7:13?

Roman, 23.9., 9:59

Hatte Hunger. Gestern gab's nur Fleischlasagne, und meine Mutter meint immer noch, ich bekomme nichts extra, wenn ich nicht mitessen will. Egal, ob ich jetzt Vegetarier bin oder nicht.

Albert, 23.9., 10:01

Ich würde mir das ja überlegen mit dem Veggie-Kram. Dieser Grünzeug-Quatsch ist doch nur was für Öko-Tussis.

Knut, 23.9., 10:01

@Roman: Nettes Video übrigens.

Linus, 23.9., 10:03

Nettes Video? Ein Origami-Superman mit rosa Papier? Und dann hast du alles in einer einzigen Einstellung gedreht – keine Schnitte. Nix. Also, wenn du meine Meinung hören willst: Ein Anfänger-Video ohne jede Spannung.

Roman, 23.9., 10:05

Hatte nur noch rosa Papier. Alles andere war aus. Und ich dachte, ich mache mein Video allein. Die Dreharbeiten für deines scheinen ja wohl zu dauern, wenn ich mir so das Drehbuch ansehe.

Knut, 23.9., 10:06

Drehbuch?

Linus, 23.9., 10:07

@Roman: Dafür hat meines wenigstens Qualität. Woran man bei dir noch arbeiten muss. Merke, wenn man auf Youtube Erfolg haben will, muss man von Anfang an Qualität liefern.

Albert, 23.9., 10:16

Aha.

Linus, 23.9., 10:20

Will vielleicht jemand was zu meinem genialen Drehbuch sagen?

Roman, 23.9., 10:29

Nö.

Albert, 23.9., 10:30

Aha.

Knut, 23.9., 10:45

Hab's erst jetzt gelesen. Also, ich finde es gut.

Linus, 23.9., 10:51

Wenigstens einer.

Knut, 23.9., 10:52

Zwei. Du findest es doch auch gut, Linus. Also zwei für Linus.

Roman, 23.9., 10:53

Dann hast du schon mal zwei Klicks. Bravo.

Albert, 23.9., 10:54

Man darf sich nicht selbst wählen.

Roman, 23.9., 10:55

Außer, man ist Weltherrscher.

Linus, 23.9., 10:56

Höre ich da etwa leisen Sarkasmus?

Albert, 23.9., 10:59

Wann wollten wir noch mal drehen?

Linus, 23.9., 11:01

Jetzt. Bei mir. Knut ist schon da.

Die Dreharbeiten für Linus' erstes Youtube-Video gestalteten sich schwierig. Er hatte zwar seinen Schreibtisch aufgeräumt, allerdings nur den Ausschnitt, den man auf dem Video zu sehen bekam. Deswegen türmte sich der übliche Theoretikerkram in den Außenecken des Zimmers (also Kabel, Gadgets, Socken, Nasenspray, Bücher, Papierkram, mit Kaugummi verklebte Taschentücher,

Lichtschwerter, Mashoongas und der Papp-Minion in Lebensgröße ...). Wodurch für die Theoretiker wenig Platz blieb.

Dann weigerte sich auch noch Roman, die Kamera zu übernehmen, so wie Linus es ihm zugewiesen hatte. Vielleicht hätte Linus sich ein »Aber sieh zu, dass du das mit dem Licht besser hinbekommst als in deinem Video« verkneifen sollen.

»Musik!«, sagte Knut zu Roman, in der Hoffnung, schnell das Thema wechseln zu können. »Das ist doch jetzt wichtiger. Wolltest du nicht eine Erkennungsmelodie für Linus' Video-Blog kompostieren?«

»Komponieren! Es heißt Komponieren mit N«, verbesserte ihn Linus. Oh Mann, wenn der nicht aufpasste mit seinen Besserwissereien, würde ihm bald gar kein Theoretiker mehr helfen bei seinen dummen Videos!

Schließlich nahmen sie eine kleine Pianosequenz auf, die Roman auf seiner Piano-App gedudelt hatte. Es klang nicht episch, es klang nicht majestätisch. Wenn man ehrlich war, klang es nur blechern und hohl, aber Linus rang sich so etwas wie ein »Prima, das dürfte genügen!« und ein Lächeln ab. Was Roman immerhin so weit einlenken ließ, dass er als Beleuchter die Schreibtischlampe festhielt, während Albert den Youtube-Star Linus S. Schurke filmte. Außerdem musste er im geeigneten Moment das Flipchart hinter Linus schieben und ihm den Diktatorenbart und die Sonnenbrille mit schwarzem Balken rüberreichen.

Knut war für den Ton zuständig. Was bedeutete, dass er die Geräusche-App zum richtigen Zeitpunkt auslösen musste. Wie beim

echten Film musste Linus für jedes Stück unzählige Einstellungen drehen. Einmal verhaspelte er sich, ein anderes Mal hatte er seinen Text vergessen. Außerdem spielte Knut ihm die App einmal zu früh, dann zu spät ab. Danach wiederum hatte Knut aus Versehen auf »Babygeschrei« getippt, obwohl doch »frenetischer Jubel« angesagt war. Weil Linus ihn so unfreundlich anranzte, klickte Knut beim nächsten absichtlich daneben: »Buhrufe und Pfiffe«.

4 Stunden und 47 Minuten, 2 Schokoladen, 1 Sixpack Limo, 2 Tüten Chips und 1 Teller Äpfel später (den Linus' Mutter reinschmuggelte), hatten sie endlich alles im Kasten. Als Linus sie verabschiedete, versprach er seinen Freunden, ihnen das geschnittene Video noch am kommenden Abend, spätestens Montag, zuzuschicken.

»Wieso so lange?«, fragte Knut und bereute es sofort. Denn Linus hielt noch einen seiner unsäglich langen Vorträge, dieses Mal einen über »Special Effects« und »Nachbearbeitung«. Zum Glück hatte Knut eine gute Ausrede: »Ich muss Marie füttern ...«

WhatsApp-Nachricht an Albert Langhans
Sonntag

Alba Langhans
Hey Affengesicht, du bist auf Youtube. 16:51

Albert Langhans
Hey Affen-IQ, schau mal genau hin. Linus ist auf Youtube, nicht ich. 16:55

94

Alba Langhans

Hey Affenpopel-IQ, guckst du hier: mein neuer
Youtube-Kanal »How to trick your brother«.
Dein Schwesterherz   16:57

www.theoretikerclub.de/chat/blog

Albert, 24.9., 17:12

Dieses Affenarsch von Schwester hat das Video mit mir auf
Youtube gestellt! Das mit der nassen Hose. Ich fass es nicht,
wie arschig man sein kann!

Albert, 24.9., 17:13

hat einen Link geschickt

Roman, 24.9., 17:15

Autsch. Die hat auch einen Youtube-Kanal?

Knut, 24.9., 17:20

Heiliger Pferdemist. Das ist ja abartig.

Roman, 24.9., 17:25

Ich wusste ja, dass sie bösartig sein kann, deine Schwester.
Aber so bösartig …

Knut, 24.9., 17:27

@Linus, Roman: Immerhin hat sie euch rausgeschnitten.

Roman, 24.9., 17:29

In der Version, die in der Schule kursiert, wohl nicht. Am Frei-
tag hat jemand während des Sportunterrichts Sand aus

der Springgrube in Linus' Sneakers getan. Man kann nur hoffen, dass da keine Katzenkacke dabei war.

Linus, 24.9., 17:41

@Roman: Darum habe ich meine Schuhe auch nicht mehr getragen, bin in Turnschuhen nach Hause gehumpelt und habe meine anderen erst einmal lange desinfiziert.

Albert, 24.9., 17:44

Hallo? Und wo bleibt dein @Albert? Hat irgendjemand auch mal Mitleid mit mir? Eure Probleme haben doch eher Ameisengröße im Vergleich zu meinen. Ich. Bin. Eine. Witzfigur. AUF. YOUTUBE.

Knut, 24.9., 17:46

Du hast recht, das ist übel.

Linus, 24.9., 17:51

@Albert: Jetzt sei doch nicht gleich so empfindlich. Umso wichtiger ist es doch, dass wir jetzt sofort unsere Gegenoffensive starten und unser Youtube-Video online stellen. Schließlich soll Alba keinen Vorsprung bekommen mit so einem Mist.

Linus, 24.9., 19:19

Linus hat einen Link gesendet

Linus, 24.9., 19:40

Und?

Linus, 24.9., 19:50

Huhu?

Linus, 24.9., 20:01

Wie findet ihr unser Youtube-Video?

Roman, 24.9., 20:19

Ganz gut, schätze ich.

Linus, 24.9., 20:25

Na endlich, eine Antwort. @Albert: Und wie findest du es?

Albert, 24.9., 20:40

Wenn du mich so fragst: episch.

Linus, 24.9., 20:41

@Knut: Und du?

Linus, 24.9., 20:56

Knut?

Linus, 24.9., 20:58

Der schläft bestimmt schon. Oder guckt Katzenfilme.

Ey, hier spielt das wahre Leben …

Im wahren Leben hatte sich Knut mit seinem Tablet unter die Bettdecke verzogen. Er hatte jeden einzelnen Blogbeitrag und jedes Video gesehen, zu dem die großen Theoretiker Links verschickt hatten. Aber zum einen hatte sich Marie so in seinen Arm gekuschelt, dass er nicht tippen konnte, und zum anderen hätte er kaum antworten wollen. Er hielt, wenn er ehrlich war, nicht so richtig viel von Linus' Machwerk. Linus war als oberschlauer Professor schon kaum zu ertragen, wenn die Theoretiker unter sich waren. Auf dem Bildschirm kam er um ein Vielfaches neunmalklüger und überheblicher rüber. Knut konnte sich einfach nicht vorstellen, wie das jemand im Internet gut finden mochte.

Aber als guter Freund von Linus wollte er ihn natürlich nicht vor den Kopf stoßen. Schließlich setzte Linus so viel Hoffnung auf sein Video.

Nur – und Knut schämte sich fast für diesen Gedanken – Alba hatte etwas weit Besseres abgeliefert. Der Clip mit dem durchnässten Albert war witzig und schnell. Alba hatte das Video für Youtube noch mal bearbeitet und geschnitten. Außerdem hatte sie zu den einzelnen Szenen Untertitel verfasst. »Das ist mein Bruder« stand dort zum Beispiel als Einführung, »er hat auch einen richtigen Namen. Aber alle nennen ihn Dr. Albern. Warum? Seht selbst!«

Dann erschien das Video mit Albert. Ihm hatte sie zwar einen schwarzen Balken für die Augen verpasst, aber jeder, der ihn kannte, würde ihn sofort wiedererkennen: Rollkragenpulli, schlaksig und ein Gesicht, länger als ein Schuhlöffel. Außerdem stand nun quer über dem Balken »Dr. Albern«. Das war Alberts fieser Spitzname in der Schule, wusste Knut.

Aber das war noch nicht das Ende der Gemeinheiten: Dazu hatte sie zu jedem neuen nassen Fleck, der durch einen Wasserbombentreffer hinzukam, einen Pfeil gemalt und etwas Gemeines hinzugeschrieben. Das war eindeutig Albas Schrift, die Knut nur allzu genau kannte, seit die Theoretiker im Frühjahr einmal Albas Tagebuch gefälscht hatten. Der Pfeil zum nassen Hosenschlitz wurde beschriftet mit »Er ist nicht ganz dicht«. Der zu den nassen Knien: »Er schießt sich ständig ins Knie!« und so weiter.

Als Abschluss hatte Alba nur angekündigt: »Ihr wollt mehr von Dr. Albern sehen? Dann klickt weiter in meinen Kanal ›How to trick your brother‹.«

Nachdem Knut das gelesen hatte, wusste er nicht, was er zuerst

sein sollte: empört, weil Alba ihren Bruder dermaßen gemein vor-
führte. Oder entsetzt, weil sie angekündigt hatte, dass sie mit
dem Spott weitermachen wollte. Oder hilflos, weil sich schon wieder einer dieser bitteren Kämpfe zwischen Alba und Albert an-
bahnte.

Wenigstens nicht ganz hilflos. Jetzt, im kuscheligen Bett, mit
seiner kleinen Babyfellkatze im Arm, kam ihm eine kleine Idee,
was er tun konnte, um diesen Irrsinn zu stoppen. Gleich morgen
würde er sich einen Plan dazu überlegen müssen, gleich morgen …

Kapitel 8

#monsterhandbuch

Knut Jenssen

Liebe Birgit, wollt ihr nicht mal wieder abends so richtig schön ausgehen, du und Stefan?   18:44

Birgit Jenssen

Hatten wir eigentlich demnächst nicht vor. An sich ist die Idee ja nett, aber warum willst du gerade jetzt, dass deine Eltern mal richtig schön aus-gehen?   18:47

Knut Jenssen

Ihr wart doch schon lange nicht mehr abends weg. 18:48

Birgit Jenssen

Stimmt, aber wir hatten nichts geplant. 18:49

Knut Jenssen

Gibt's nicht was Tolles im Kino? Was Episches? 18:51

Birgit Jenssen

Versteh ich das richtig? Du schickst deine Eltern ins Kino? Um hier was zu tun? Wollt ihr Theoretiker irgendwas angucken, was wir Eltern nicht wissen dürfen? 18:55

Knut Jenssen

Nein, nein. Ich schwör's. Außerdem noch was:
Wir brauchen dann noch einen Babysitter … 18:57

Birgit Jenssen

Jetzt versteh ich gar nichts mehr: Neulich hast du noch gesagt, du willst das nächste Mal ohne Alba allein zu Hause bleiben. Du wärest schon groß.
Und jetzt doch nicht? 18:59

Knut Jenssen

Hab's mir anders überlegt. Mir ist doch lieber, wenn Alba auf mich aufpasst. Wenn was mit Marie ist oder so, dann muss mir doch jemand helfen … 19:01

Birgit Jenssen

Na schön. Wir gehen am Samstag ins Kino. Dann kannst du in Ruhe mit Alba allein sein. Darum geht's doch, oder? 19:02

Knut Jenssen

_____ 19:02

Birgit Jenssen

Jetzt komm aber mal runter. Es gibt Essen. 19:03

Knut drückte auf den Aus-Knopf seines Tablets. Der erste Teil seines Plans war schon mal zur Zufriedenheit gelaufen. Am Samstag würde er Alba noch einmal ins Gewissen reden. Er würde mit Absicht ihr Lieblingsessen mit ihr kochen, irgendeinen blöden Mädchenfilm auf DVD schauen, ihr Marie auf den Schoß setzen. Und dann, wenn Alba sich am allerwohlsten fühlte, dann würde er sie fragen, ob sie nicht doch lieber einen anderen Kanal aufmachen wollte. Denn Alba war eigentlich ein nettes Mädchen, wenn man mit ihr allein war. Nett, witzig und süß. Nur wenn ihr Bruder in der Nähe war, wurde sie gemein. Also müsste man sie eigentlich doch nur daran erinnern, dass sie eigentlich nett war, dachte Knut.

www.theoretikerclub.de/blog/chat

Albert, 27.9., 18:50

Mein erstes Monster-Profil ist fertig. Wollt ihr mal lesen?

Albert, 27.9., 18:58

Albert hat ein Bild gesendet

Albert, 27.9., 19:01

Die Rache ist mein! Mein. MEIN!

((Geräusche-App: »höhnisches Lachen«))

Roman, 27.9., 19:03

Sacrum stercus (@Knut: Latein für »Ach du heilige Scheiße!«).
Was hast du mit Albas Foto gemacht? Das ist doch Alba auf
dem Foto, oder nicht?

Albert, 27.9., 19:04

Verum. Richtig, das ist meine Schwester.

Knut, 27.9., 19:05

Hab ich nicht erkannt.

Albert, 27.9., 19:06

Das liegt daran, dass ich ihre Pickel, Nase, ihre Zähne und
ihre Ohren größer gemacht habe. Jeweils um so viel Prozent,
wie ich mit dem 50-seitigen Würfel ausgewürfelt habe. Zähne
34, Nase 47 und Ohren 21 Prozent. Bei den Pickeln hat mein
Würfel versagt. Da sind es nur 13 Prozent.

Linus, 27.9., 19:19

Schick. Und was hast du jetzt damit vor?

www.theoretikerclub.de/blog/dokumentation
Beitrag von Albert, 27.9., 20:10

Auszug aus dem Buch »Die Monster unserer Umgebung und wo sie uns überall auflauern«

Monsterius soror alba

Das Monsterius soror alba gehört zur Rasse Mensch, Klasse: bösartige Mädchen. Das Monster hat die Gesinnung chaotisch böse, Intelligenz: 3, Weisheit: 3, Charisma: 12, Stärke: 18, Trefferpunkte: ∞-12.

Waffen: Fünf Sorten von ätzenden Pickelstiften, ein hinterhältiger Geist, der die Opfer per Rufmord zur Strecke bringt; ein Handy, das sie stets in der linken Hosentasche trägt und mit dem sie tödliche Schnappschüsse und Videos aufnimmt.

Anti-Terror-Maßnahmen: Gift, Bomben, Folter. Leider sind die seitens Behörden und elterlichem Aufsichtspersonal noch nicht zugelassen.

Tödlicher Schlag durch: Ihr grundloser Rachedurst ist heftiger und zerstörerischer als der der *Schwarzen Witwe*. Gerät ein Unschuldiger in ihre Fänge, schließen sich ihre Krallen. Unweigerlich und sofort wird ihnen die Luft abgeschnürt, die Ehre abgeschnitten, der Boden unter den Füßen weggezogen.

Mit falschen Behauptungen, verdrehten Beweisen und haltlosen Übertreibungen hat sie unzählige unschuldige Seelen in die Verzweiflung getrieben. Alles Beweise beginnenden Wahnsinns. Weitere Zeichen dafür: Redet mit Tieren, Pflanzen und Schminkspiegeln und wundert sich, dass sie deren Antwort nicht versteht.

Lesen Sie mehr in »*Die Monster unserer Umgebung und wo sie uns überall auflauern*«

Demnächst im gut sortierten Buchhandel

www.theoretikerclub.de/blog/chat

Albert, 27.9., 20:21

Und, wie findet ihr das?

Roman, 27.9., 20:24

Monstria muss es heißen. Die Schwester soror und alba, die Weiße, sind auch schon weiblich.

Albert, 27.9., 20:25

Klingt aber nicht so gut. Monstrius finde ich besser.

Roman, 27.9., 20:27

Außerdem ist monstrius ein erfundenes lateinisches Wort. Monster heißt monstrum.

Albert, 27.9., 20:29

Wenn du nicht aufpasst, gehst du als Nächster in meine Monstergalerie ein: als Tüpfelscheißer.

Roman, 27.9., 20:35

Du solltest besser mit dir anfangen: das Monstrum lecur-farcimen offensum. Beleidigte Leberwurst.

Linus, 27.9., 20:40

Meine Herren, das ist ein seriöser Blog und kein Kinderspielplatz. Könntet ihr diesen Kinderkram nicht unseren Feinden überlassen? Wir, die wir intellektuell überlegen sind, zeichnen uns durch Zusammenhalt und Fairness aus.

Albert, 27.9., 23:15

@Roman: Das hast du jetzt angerichtet mit deinem Gestänker: Ich kann nicht schlafen. Du bist schuld.

Ihr hättet wenigstens meinen Plan hören können, was ich damit vorhabe: Ich will die Bilder von Alba nämlich in der Schule aufhängen. Über den Mädchen-Symbolen bei den Klos. Wäre gut, wenn ihr dann Schmiere stehen könntet. So im Sinne von Zusammenhalt und Fairness?

Linus, 27.9., 23:17

@Albert: Meinetwegen stehe ich Schmiere. Aber ich sag's gleich: Dieses Marketing für dein zukünftiges Buch ist unnötig. Bis du das Buch fertig geschrieben hast, es gedruckt ist und verteilt wird – bis dahin ist nächstes Jahr Herbst.

Albert, 27.9., 23:19

Wenigstens tu ich was. Ich kann Alba doch nicht durchkommen lassen.

Linus, 27.9., 23:20

Kann auch nicht schlafen. Ich tu auch was: Schreibe am nächsten Drehbuch für die Lektionen zur Weltherrschaft.

Albert, 27.9., 23:21

Na dann: Gute Nacht!

Beitrag von Linus, 28.9., 19:01

Drehbuch »Der Masterplan für die Weltherrschaft – Teil 2: Die drei Gs – Größe, Girls und Gadgets«

Requisiten: DVD-Box *James Bond* und *Inspector Gadget*, *Risiko*-Karte, Metermaß (am besten ein Klassenlineal aus der Grundschule – @Knut: Kannst du das vielleicht übers Wochenende »ausborgen«?), mobile Kleiderstange, Bastelmaterial, Plakat eines Bondgirls, elektrischer Papierschredder

Ausstattung: Kamera, PC

Regieanweisungen in doppelter Klammer. Beispiel: ((Klammer))

((Trailer wie üblich, dann Blende auf den Moderator, der vor seinem Schreibtisch sitzt))

»Meine lieben angehenden Mächtigen dieser Welt, willkommen zur zweiten Folge unseres Crashkurses zur Weltherrschaft. Während wir in der letzten Folge die Wichtigkeit des richtigen Plans diskutiert haben, widmen wir uns nun einigen wichtigen Voraussetzungen, die wir benötigen, um unseren Plan auch durchzusetzen. Die drei großen Gs im Leben eines Weltherrschers sind – nach unseren bisherigen Recherchen – Größe, Girls und Gadgets.

Sicherlich dürfte euch aus einschlägigen Movies bekannt sein, dass Girls und Gadgets das öffentliche Ansehen jedes Mächtigen ums Vielfache steigern können.«

((Ich stelle die DVD-Box *James Bond* und die DVD-Box *Inspector Gadget* auf den Tisch))

»Ja, meine lieben Zweifler, ich gebe euch recht: Girls sind in der Weltherrschaft nicht zwingend nötig, aber ein angenehmes Beiwerk, um mit ihrer Schönheit den Status des Weltherrschers zu unterstreichen. Sicherlich haben die Bondgirls auch für mehr Besucher in den Kinos gesorgt. Sie sind aber in den seltensten Fällen für die Handlung von Belang. Und mit belanglosen Details braucht sich ein Weltherrscher nicht länger aufhalten.«

((Ich zerstückle das Poster eines Bondgirls im Schredder.))

»Stattdessen möchten wir eure Aufmerksamkeit auf einen Aspekt lenken, der bislang in der Tyrannenforschung sträflich vernachlässigt wurde: die Größe. Mein Assistent hat da schon etwas vorbereitet.«

((Knut schiebt die mobile Kleiderstange rein. Daran ist das Metermaß befestigt.))

»Wissenschaftliche Untersuchungen haben ergeben, dass in den USA in der Regel derjenige Präsidentschaftskandidat gewonnen hat, der größer als sein Gegner war. Es ist also von nicht unerheblicher Bedeutung, sich rein körperlich über seine Gegner zu erheben.«

((Ich klebe ein Post-it auf die Messlatte: »Donald Trump, 1,91 Meter«))

»Wohlgemerkt, das gilt für demokratisch gewählte Landesfürsten. Exorbitante Körpergröße ist für uns eher unwichtig.«

((Ich klebe ein Post-it mit meinem Foto drauf:
»Ich, 1,66 Meter«))

»Für Diktatoren empfiehlt es sich allerdings, größer zu werden als die eigene Mutter. So entwachsen sie quasi der einzigen Person, die ihnen als einzige Anweisungen von oben geben darf. Mehr als das ist nicht nötig.«

((Ich klebe ein weiteres Post-it unter meines: »Angela »Mutti« Merkel 1,65 Meter«))

»Merke: Mussolini war nur 1,52 Meter groß, Stalin 1,65.«

((Zwei entsprechende Post-its))

»Dahingegen, der oft als klein geschmähte Napoleon war neueren Berechnungen zufolge nicht so klein, wie bislang berichtet: Er maß stattliche 1,69 Meter.«

((Ich klebe ein entsprechendes Post-it und stecke beiläufig die Hand ins Hemd, Notiz an mich: Hemd anziehen!))

»Jetzt, wo wir bereits zwei Gs durchgegangen sind, kommen wir zum dritten G, das eurer Herrschaft mehr Gewicht gibt. Den G...adgets. Viele der interessantesten Gadgets sind ja leider bereits erfunden worden: Phaser, selbst fahrende Autos, Lichtschwerter … Schade.

Das heißt umgekehrt aber auch: Der Entwicklungsabteilung eines künftigen Diktators kommt eine wichtige Bedeutung zu. Hier einige Vorschläge für mögliche Waffen zur Unter-drückung eurer Gegner:

– Maschine, mit der man die Menschheit zwingen kann
  zu gehorchen
– Riesenfön zum Wegpusten des
  Pentagon
– Riesentintenkiller zum Aus-
  löschen der Feinde

- Roter Wegklick-Button zum Eliminieren von Schwierigkeiten
- Riesenstaubsauger, um allen Sand aus den Wüsten abzu-
saugen und damit die Städte zu verwüsten
- Ein Riesenbügeleisen, um allen Sand der Welt zu Glas zu
machen.«

((Entsprechende Grafiken werden eingeblendet. @Roman:
Du kannst einigermaßen malen, willst du diese Zeichnungen
machen, am besten in DIN-A3?))

»Eurer Fantasie sind keine Grenzen gesetzt. Und mit ein
bisschen Geschick sollte ein teuflisches Instrument der Welt-
beherrschung bald erschaffen sein.

Für den wahrscheinlichen Fall, dass eure Ingenieurs-Fähig-
keiten begrenzt sind, empfehlen wir, entsprechendes Perso-
nal einzustellen. Das kann sich dann mit den Details beschäftigen. Wie wir dieses finden? Diese Frage beantworten wir in
einem der kommenden Kapitel. Doch das nächste Mal widmen wir uns zunächst einer der wichtigsten Voraussetzung
eurer Weltherrschaft: der Finanzierung.

Klickt wieder rein, wenn es heißt: ›Zur Weltherrschaft sind es
nur noch wenige einfache Schritte …‹«

www.theoretikerclub.de/chat/blog
Linus, 28.9., 19:14
So, meine Herren, wann wollen wir mein neues Meisterstück
der Weltherrschaft aufnehmen?
Roman, 28.9., 19:17
Keine Ahnung. Ich drehe meine Origami-Dinger ja auch allein

mit Stativ … Habt ihr gesehen? Ich habe mir selbst etwas ausgedacht: Wondergirl mit Rose.

Roman, 28.9., 19:20

Roman hat einen Link geschickt

Linus, 28.9., 19:25

Wie lieblich. Hab's mir gerade angesehen. Bravo, die Zahl deiner Klicks ist schon zweistellig.

Albert, 28.9., 19:27

Ganz romantisch, lieber Roman. Und wie viele der Klicks sind von dir?

Roman, 28.9., 19:28

Ketzer.

Linus, 28.9., 19:29

Könnt ihr mir mal auf meine Frage antworten? Wann können wir am Samstag drehen? Ich brauche vor allem Knut, meinen Assistenten. Wie wäre es um 15 Uhr? MEZ.

Albert, 28.9., 19:31

Warum nicht früher?

Linus, 28.9., 19:32

Ich bin verhindert. Strafarbeit. Ich muss am Vormittag Rasen mähen.

Roman, 28.9., 19:35

Oh, das ist bitter. Wie hast du dir das denn eingebrockt?

Linus, 28.9., 19:36

Ich habe nicht jeden Tag frische Socken
angezogen. Und ohne meine
Peanuts-Socken überlebe
ich keinen Tag in der

Schule. Jedes Mal, wenn ich sie nicht anhatte, habe ich Dreier geschrieben. Doch diese Notwendigkeit versteht meine Mutter natürlich nicht.

Albert, 28.9., 19:37

Ich hätte halt frische Socken in die Wäsche geschmuggelt. Dann fällt's doch gar nicht auf …

Linus, 28.9., 19:39

Hab ich ja. Aber ich habe vergessen, die Paare vorher auseinanderzunehmen.

Roman, 19:40

Ipsa culpa (@Knut: selber schuld).

Linus, 28.9., 19:41

Was ist jetzt: Können wir uns um 15 Uhr treffen? Bei mir?

Knut, 28.9., 19:42

Ich kann aber nur bis um halb fünf.

Linus, 28.9., 19:43

Warum denn das?

Knut, 28.9., 19:44

Birgit und Stefan gehen ins Kino und danach essen.

Linus, 28.9., 19:45

Dann drehen wir halt bei dir.

Knut, 28.9., 19:46

Das geht nicht, ich habe einen Babysitter.

Linus, 28.9., 19:47

Einen Babysitter um halb fünf Uhr? Was für'n Baby bist denn du?

Albert, 28.9., 19:48

Etwa Alba? Die wird noch zum Großverdiener.

Klinke mich aus, muss dringend schlafen. Nach der Nacht-
schicht gestern. Aber morgen wird MEIN Tag: Da hänge ich
die Alba-Bilder an die Türen von den Mädchenklos in der
Schule. DIE RACHE IST MEIN.

Kapitel 9

#monsterstreit

Am Samstag war Knut beinahe froh, seinen Freunden entkommen zu sein. Beim Drehen hatten sich Albert und Linus darüber in die Haare gekriegt, welches das beste Bondgirl wäre, dessen Poster man schreddern sollte. Als Knut ging, hatten sie gerade mal alle Szenen gedreht, in denen er den Assistenten spielen sollte. Und der Streit war immer noch nicht beigelegt. Gut, dass Alba auf ihn wartete.

Ein kleiner Zweifel grummelte allerdings in seinem Bauch. Das mulmige Gefühl konnte auch an der Unmenge an Buttermilchpfannkuchen liegen, die Alba gebacken hatte. Pappsatt schob Knut seinen Teller von sich und schleckte die letzten Reste Ahornsirup von den Fingern.

»Was gibt's Neues?«, fragte er seine große Freundin. Das erschien ihm als Einstieg am unverfänglichsten. Die Stimmung war gut nach dem leckeren Essen, er hatte Alba ein Kompliment wegen

ihres neuen umwerfenden T-Shirts gemacht (das klappte immer), und er hatte sogar versprochen, mit ihr später »Plötzlich Prinzessin« zu gucken. Genau die richtige Gelegenheit, um sie also ein bisschen auszuhorchen.

»Ich habe eine mündliche Drei in Mathe. Persönliche Bestnote.«

»Das meine ich nicht«, sagte Knut. »Was gibt's Neues von der Challenge?«

Alba nickte und schob ihren Teller ebenfalls von sich.

»Verstehe. Du willst also spionieren.«

»Nein, will ich nicht. Ehrlich!« Knut schüttelte seinen Kopf so wild, dass ihm die Locken ins Gesicht schlugen. »Ich bin doch Schiedsrichter. Da darf ich gar nicht auf der Seite von einem Mitspieler stehen.«

»Und das soll ich dir glauben, wo du Tag und Nacht bei deinen Theoretiker-Kumpels rumhängst?«

»Aber ich muss doch wenigstens wissen, was jeder so macht, um Geld aufzutreiben. Sonst kann ich als Schiri hinterher doch gar nicht entscheiden, ob das Geld fair verdient wurde oder nicht.« Dieses Argument hatte sich Knut vorher schon zurechtgelegt.

»Da ist was dran«, murmelte Alba und schob ihre Teller zusammen, um sie in die Küche zu tragen. »Na gut«, meinte sie schließlich. »unter zwei Bedingungen: Du hilfst mir beim Saubermachen, und du verrätst mir, was deine Freunde in Sachen Challenge so treiben.«

Knut zuckte zusammen. Eigentlich hatte er nicht vor, Roman, Linus und vor allem Albert zu verpfeifen. Dessen Monster-Handbuch mit dem Alba-Beitrag würde seine Schwester bestimmt nicht witzig finden ...

Für seinen Plan aber war es jedoch wichtig, Alba bei Laune zu halten. Er würde also mit dem Harmlosesten anfangen: »Roman hat einen eigenen Youtube-Kanal aufgemacht.«

»Echt?« Alba schrubbte mit der Spülbürste an der Bratpfanne herum. »Was macht er? Römische Götterkunde? Einen Guide mit Lieblingsspeisen, was die Götter am liebsten geopfert bekommen?«

Knut musste lachen: »Das wär super. Aber darauf ist er gar nicht gekommen. Nee, ein Tutorial für Origami.«

»Origami?«, fragte Alba ungläubig zurück und verdrehte kunstvoll die Augen. Waren die geschminkt? Oder war Knut dieses funkelnde Grün einfach noch nie so aufgefallen?

»Genau.«

Alba schrubbte weiter. »Na, da wäre die Idee mit dem Opfer-Tutorial echt besser gewesen«, seufzte sie dann.

»Woher weißt du eigentlich, dass er immer noch den Göttern opfert?«

»Ich ess immer die halben Knusperriegel, die er in die Schale beim Müllhäuschen legt.«

»Und ich die halben Erdnussbutter-Pausenbrote«, entgegnete Knut.

»Die erwische ich nur selten. Die sind aber auch wirklich lecker ...« Verschmitzt grinste Alba zu Knut, der sich den Bauch rieb: »Hmmmm.«

»Hmmm«, machte auch sie und knuffte ihn in die Seite.

Knut erwiderte stolz ihren Knuff und setzte sein strahlendstes Lächeln auf. Wie sehr hatte er diese verschworenen Abende mit

Alba vermisst. Fast fühlte es sich an wie früher, als sie in der Bade-wanne Schleim gemixt, Eimer voll Pappmaché gerührt, Knetbälle aus Sand und Luftballons gebastelt und als sie Lippenstift selbst gemacht hatten.

»Man kann ja bloß froh sein, dass er nicht mehr diese veganen Sesam-Riegel opfert. Die waren wirklich ekelhaft. Bäh!«, gestand nun Alba.

»Bäh!«, bestätigte Knut.

»Ich kann mir sowieso nicht vorstellen, dass irgendein Gott so was isst. Im Leben nicht würde ich all die leckeren Sachen mit jemandem teilen, von dem ich nicht mal weiß, ob er das überhaupt mag«, sagte Alba. »Warum macht er das eigentlich?«

»Weiß nicht. Meistens opfert er Artemis wegen irgendwelcher Noten. Und dann opfert er Amor, wenn ... ähm ... wenn ...«

»Wegen Flora?«

Mist! Jetzt musste Knut doch glatt in seinem Eifer einen seiner Freunde verraten. Er nickte beklommen: »Aber sag's nicht weiter, ja?«

»Pff!«, machte Alba. »Das weiß auch der Letzte, dass Roman auf Flora steht. Sie wollte ihn ja sogar fragen wegen ihres Youtube-Tutorials: ›Flirten, aber richtig‹. Alle anderen Jungs haben sich ge-weigert. Sogar ihr Ex Thomas.«

»Hätte ich auch! Das ist ja oberpeinlich Und Roman macht da jetzt mit? Ehrlich?«

»Keine Ahnung. Wahrscheinlich stirbt das Ganze sowieso. Lynn will bei keinem You-tube-Kanal mitmachen. Sie sagt, sie hat Angst, dass das später jemand sieht und Witze drüber macht. Flora ist echt genervt. Gerade zicken sich die beiden nur an. Wenn du mich fragst, das wird nix mehr ...«

»Besser für Roman.«

»Wahrscheinlich«, gab Alba zu, während Knut stumm die Bratpfanne abtrocknete.

Aber Alba ließ ihn nicht vom Haken: »Linus macht doch auch einen Youtube-Kanal, oder?«

»Jaaa«, antwortete Knut gedehnt. Er wollte zu ihr rübersehen, blieb aber irgendwie an ihrer blonden Mähne hängen.

»Ich hab's gesehen«, fuhr Alba fort.

»Und wie findest du's?«

»Langweilig. Steif. Unwitzig. Oder mit einem Wort: grottig.«

Grottig? Hatte Alba wirklich »grottig« gesagt?

»Schon klar, dass du deine Sachen besser findest ...«, begann Knut diplomatisch.

»Also Knutschi, wirklich, Linus ist doch *keine* Konkurrenz für mich! Hast du mal gesehen, wie viele Klicks der hat und wie viele ich? Nur damit du auf dem aktuellen Stand bist: Ich habe 873 Klicks. Linus gerade mal 38.«

»Aber morgen kommt wieder was Neues!« Knuts Protest klang so schwach, dass er selbst schon seine Zweifel bekam.

»Ach egal, wir gewinnen sowieso nicht. Thomas und die Kellers liegen uneinholbar vorn!«

So? Davon wusste Knut noch gar nichts, und die Theoretiker auch nicht.

»Wieso vorn? Was macht der? Bei dem Flirt-Dingsbums ist er ja wohl nicht dabei!«

»Darf ich nicht verraten. Du bist von der Konkurrenz.«

»Noch mal: Ich bin der Schiedsrichter! Ich bin neutral.« Knut versuchte ein strenges, unparteiisches Gesicht. Aber Alba ließ sich nicht beeindrucken. Sie wuschelte ihm durchs Haar.

»Ach egal, das hat sich bestimmt sowieso schon rumgesprochen. Thomas und Moritz haben einen Süßigkeitenhandel aufgezogen. In der Schule. Im Keller. Weil unser Kiosk doch neuerdings nur noch Obst und Gesundes verkauft, irgend so ein Elternbeiratsbeschluss … Die Süßigkeiten laufen wohl bombig. Sagt Thomas.«

»Wow«, entfuhr es Knut unwillkürlich.

»Ja, wow. Und Jonathan kauft für sie ein.«

Auf Jonathan, der nicht auf Albas Schule ging, war Knut prinzipiell nicht gut zu sprechen. Er war Albas hartnäckigster Verehrer, und Knut fand, dass die coole Alba wirklich jemanden verdient hätte, der weniger hinterhältig und fies war. Jemand Nettes.

Doch den Kellers und Thomas musste man eins lassen: Sie waren in ihrer Challenge bis jetzt am weitesten gekommen. Einfach so. Sie hatten nicht lang herumgeplant wie Linus und die Theoretiker, sondern einfach – hopp, hopp, hopp – was auf die Beine gestellt. Und Linus, der Oberplaner, brachte es mit seiner Vieldenkerei und seinen vielen Extrarecherchen gerade mal zu etwas, was andere als »grottig« bezeichneten. Das reinste Trauerspiel! Fast schon ein bisschen halbherzig versuchte es Knut wenigstens mit einer letzten Gegenfrage: »Ist so ein Verkauf nicht total verboten?«

Doch mit der Bemerkung hatte Knut Alba
auf dem falschen Fuß erwischt.

»Och, verboten?«, höhnte sie.

»Das ist eine Challenge.

Kein Kindergarten-Abklatsch-Spielchen mit Schaumstoff-Handschuhen.«

»Aber ...«

»Hier geht's ums nackte Überleben!«

»Aber ...«

»Du protestiert doch nur, weil deine Herren Professoren nicht aus dem Quark kommen. Und ihr schon abgehängt ganz weit hinten liegt.«

»Nein. Aber ...« Knut musste sich sammeln, um nichts Falsches zu sagen. Er wollte seine Freundin nicht verärgern, denn er hatte ja eigentlich noch einen Plan. »Aber man muss doch fair bleiben! Wir alle müssen fair bleiben. *Du* musst auch fair bleiben.«

Etwas Stärkeres war ihm gerade nicht eingefallen. Eigentlich hatte er Alba etwas ganz anderes sagen wollen, viel mehr nämlich. Er konnte nur hoffen, dass sie halbwegs verstand, was er meinte. Ihre Reaktion überraschte Knut dann doch.

»Sag bloß, du willst schon wieder anfangen, mir meinen Kanal auszureden?« Alba schob die Geschirrspülertür etwas zu heftig zu, sodass das Porzellan darin laut herumpolterte. »Habe ich dir nicht gesagt, dass ich schon 873 Klicks habe? Und es werden täglich mehr. Das kann ich doch jetzt nicht einfach wieder sein lassen!« Albas grüne Augen blitzten mit einem Mal nicht mehr verschmitzt, sondern giftig. »Und überhaupt. Der nächste Beitrag ist auch schon fertig.«

Knut musste schlucken. »Und Albert – was ist mit ihm, wenn alle über ihn lachen? Hier. In der Schule. Ihn erkennt doch jeder!«

»Selber schuld. Wenn er nicht so ein Loser wäre, könnte man auch keine Loser-Videos über ihn machen.«

Nicht zu fassen, was Alba da sagte! Welcher Teufel hatte die denn geritten! Knut musste eingreifen. »Albert ist kein Loser.«

»Doch, ist er schon!« Um ihre Beschimpfung zu unterstreichen, machte sie das L-Loser Zeichen über ihrer Stirn und grinste Knut höhnisch an. Sicher, Alba und ihr Bruder pflegten eine herzliche Geschwisterfeindschaft, aber so gemein hatte Knut sie selten über ihn reden hören.

»Jeder hat mal einen schlechten Tag. Du möchtest auch nicht, dass dich jemand in einem peinlichen Moment filmt!«

»Ich bin aber kein Loser und lass mich erwischen. Das ist eben der Unterschied zwischen Albert und mir!« Knut wusste nicht, was er weniger mochte: die bratzelnden Wutfunken oder den sprühenden Hohn in Albas grünen Augen. Das war ja nicht mehr auszuhalten!

Um Alba irgendwie zu entwischen, grapschte sich Knut sein Tablet und tippte rum. Es dauerte nicht lang, bis er Albas Kanal gefunden hatte: »How to trick your brother«. Gespannt und mit flauem Gefühl klickte Knut den neuen Beitrag an.

Er begann eigenartig still, und Knut klickte noch ein paar Mal auf den Lautsprecherknopf, bevor er merkte, dass es gar keinen Ton gab. Alba hatte nur schriftlich eingeblendet: »Psst, heute müssen wir ganz leise sein, sonst klappt das hier nicht!«

Und dann sah man Albert. Er lag schlafend in seinem Bett in seinem Zimmer. Die Beine in Übergröße ragten hinten über den Rand, der Haarschopf verstrubbelt wie der von Albert Einstein.

Weil er auf dem Rücken lag, schnarchte er leise. Und was war das? Oh Schreck, in seinem Mundwinkel hatte sich ein bisschen Sabber gebildet. Wie gemein, so etwas zu filmen!

Aber Alba ging sogar noch weiter. Nachdem Albert wohl nicht gemerkt hatte, dass sie das Zimmerlicht angeknipst hatte und ihn filmte, packte Alba etwas aus. Es brauchte nur eine Sekunde, bevor Knut es erkannte: ein aufklappbarer Waschbeutel mit Kinder- und Theaterschminke.

Noch einmal wurde eine Schrift eingeblendet: »Ein gutes Make-up beginnt mit der richtigen Grundierung.«

Dann sah man Alba, wie sie ihrem Bruder vorsichtig rosafarbenes Make-up ins Gesicht schmierte. Noch einmal kam eine Schrift: »Das Puder muss gleichmäßig verteilt werden.«

Albert kräuselte die Nase, während Alba ihn großzügig zartrosa bestäubte, wachte aber nicht auf. Auch dann nicht, als Alba mit einem Pinsel und schwarzer Farbe Konturen auf Alberts Gesicht malte. Oben auf die Stirn kamen angedeutete Ohren, dann fuhr sie in einem großen Bogen um Alberts Nase.

Wollte sie etwa einen rosa Clown aus ihrem Bruder machen? Knut war entsetzt, schaute aber trotzdem gebannt weiter zu. Alba hatte Glitzer auf Alberts Wangen getupft. Immer noch schien ihr Bruder nichts zu bemerken. Nur einmal kurz zuckte er mit den Armen, rückte sich zurecht. Die Augen aber blieben fest geschlossen.

Knut wäre am liebsten ins Video gesprungen und hätte ihn wachgerüttelt: »Merkst du nicht, was deine Schwester da mit dir anstellt?«

Doch die pinselte in einer Seelenruhe weiter. In die Öhrchen, die

sie auf Alberts Stirn gemalt hatte, kamen noch dunkelrosa Schatten. Ebenso in den Kreis auf der Nase. Knut schwante schon, was das werden würde: Mit dickem schwarzen Stift malte sie kreisrunde Nasenlöcher in den dunkelrosa Kreis. Die Schweineschnauze nahm immer mehr Gestalt an.

Als sie fertig war, erschien noch einmal eine Schrift: »Und zum perfekten Abend-Make-up gehört noch ein letztes Highlight.«

Knut wollte wirklich nicht, er wollte überhaupt nicht hinschauen. Es war kaum zu ertragen, wie Alba nun noch einen dunkelroten Schminkstift auspackte. Ganz hibbelig war Knut.

Und als hätte er es geahnt, nahm Alba ihren roten Stift und schrieb noch frech etwas auf Alberts Stirn: Loser. Dann war das Video zu Ende. Ob Albert noch einmal aufgewacht war, oder ob er von dem ganzen Spuk wirklich nichts mitbekommen hatte, war nicht mehr zu sehen.

Zunächst wusste Knut nicht, was er tun sollte. Alba hatte sich im Hintergrund gehalten, während Knut auf dem Tablet rumtippte. Aber sie hatte schon mitbekommen, was er sich ansah. Eine gewisse Nervosität schien sie erfasst zu haben. Sie hatte Marie auf den Arm genommen und kraulte ihr geistesabwesend über den Kopf. Allerdings so ruppig, dass Marie mit gesträubtem Fell unruhig wurde. Schließlich entwand sich die Katze Albas Zugriff, sprang vom Arm und huschte beleidigt unters Sofa.

Es dauerte eine ganze Weile, bis Knut endlich etwas herauspressen konnte: »Das ist voll gemein.« Mühsam musste er seine wutzitternde Faust unter Kontrolle halten.

»Aha«, meinte Alba schnippisch. »Sagst du deinem feinen Freund das auch, wenn er gemein ist? Oder werde immer nur ich geschimpft?«

Knut bemerkte selbst, wie er gerade ein verdattertes Gesicht machte. »Wieso ...?«

»Der kleine Knut möchte bitte aus dem Theoretiker-Paradies abgeholt werden! Deswegen!« Alba zog einen Zettel heraus, den sie in ihrer hinteren Hosentasche gehabt hatte, warf ihn Knut vor die Füße und blieb herausfordernd vor ihm stehen.

War sie ihm immer schon um so vieles größer vorgekommen? Gerade schien sich ihr drohender Schatten regelrecht auf ihn zu legen. Knut entfaltete eilig das Papier: Es war eines von den Monster-Plakaten, von denen Albert im Chat gesprochen hatte. Sie waren also nicht nur aufgehängt, sondern auch schon bemerkt worden.

»Ich ...«, versuchte sich Knut zu rechtfertigen. Mehr kam nicht raus.

»Na? Hast du Albert wegen dieser Zettel auch geschimpft?« Alba war nur eine Handbreit von Knut entfernt, der mit steifem Hals nach oben schauen musste. »Oder hast du ihn dafür auch noch gelobt, wie toll er das gemacht hat, dein feiner Theoretiker-Freund?« Knut konnte nur zerknirscht schauen.

»*Das* ist gemein!«, schloss Alba.

In Knuts Hirn ratterte es, und es brauchte eine gute Zeit, bis er sagen konnte, was er dazu zu sagen hatte: »Erstens hat Albert nicht angefangen. Und zweitens verbreitet er seine Gemeinheiten nicht im Internet.«

»Aha, aber in der ganzen Schule!«

»Das ist trotzdem was anderes. Im Internet kann es *jeder* sehen.«

»Das ist der Sinn der Sache, Schätzchen! Je mehr es sehen, desto mehr verdiene ich. Und dann gewinne ich die Challenge. Für Flora, Lynn und mich!«

»Genau das meine ich ja. Das ist eine Challenge nur unter uns. Nicht eine im Netz.«

»Linus hat doch auch einen Youtube-Kanal. Im Netz. Aber ich vergaß, wenn es um einen deiner heiligen Theoretiker geht, ist es wieder was völlig anderes!«

»Ja, isses. Linus macht niemanden lächerlich.«

»Doch. Sich selbst.«

WhatsApp-Nachricht an Birgit Jenssen
Samstag

Knut Jenssen
Könnt ihr doch nach Hause kommen?   19:32

Birgit Jenssen
Wir wollten gerade das Essen bestellen. Wo ist denn Alba? Die sollte doch auf dich aufpassen.

19:34

Knut Jenssen
Die ist weg. Wir haben uns gestritten. Alba ist nicht mehr meine Freundin.   19:35

Kapitel 10

#langegesichter

www.theoretikerclub.de/blog/chat

Knut, 1.10., 8:15

Knut hat einen Link geschickt.

Knut, 1.10., 8:22

Alba hat was Neues gedreht. Speuler-Alarm: Das ist echt ultrafies.

@Albert: Besser, du setzt dich hin, bevor du dir das ansiehst.

Roman, 1.10., 8:27

TUSS – Tu sanctum stercus! (@Knut: »Ach du heilige Scheiße« auf Latein)

Linus, 1.10., 8:32

ADHS – ach du heilige Scheiße auf Deutsch.

@Albert: Bist du da?

Albert, 1.10., 10:05

ADHS! Völlig richtig. Diese Monster-Mistkröte muss mich

Donnerstagnacht gefilmt haben. Da war ich völlig platt, weil ich am Abend vorher so lang geschrieben habe.

Knut, 1.10., 10:15

Hast du wirklich nicht gemerkt, dass sie dich angemalt hat?

Albert, 1.10., 10:17

Null. Ich sehe das alles zum ersten Mal. Hab nur bemerkt, dass mein Kopfkissen morgens so komisch rosa verschmiert war. Ich dachte schon, mein roter Kuschel-Angry-Bird hätte abgefärbt. Und dann hat meine Mutter die Sauerei gesehen und einen Hammer-Tobsuchtsanfall bekommen. Jetzt muss ich die Wäsche für alle machen. Eine ganze Woche lang. Moment mal, das bringt mich auf eine Idee …

Albert, 1.10., 11:05

Soooo, jetzt geht es mir besser. Ich habe bei zwei von Albas Hotpants und bei einer Sporthose die Nähte aufgetrennt. Jetzt werden wir mal sehen, wer sich in der Schule lächerlich macht … #ichkannnochfieseralsdu.

Knut, 1.10., 11:15

Euer Krieg ist echt bekloppt. Können wir die Challenge nicht irgendwie stoppen? Die sind doch sowieso alle besser als wir: Thomas und der Süßes-Shop in der Schule, Alba mit ihren vielen Klicks …

Albert, 1.10., 11:18

Kapitulieren? Wir? Vor diesem Monster?!? NIEMALS! Was macht Thomas? Ich hab's nicht kapiert.

Knut, 1.10., 11:25

Der verkauft in den

Pausen Süßigkeiten im Keller. Bei euch gibt's an der Schule sonst wohl nur Gesundes.

Roman, 1.10., 11:37

Ah, jetzt weiß ich, was in den Kisten ist: Das sind Bauchläden. Puh, das wird schwer zu schlagen sein. Seit es nur noch Müsliriegel gibt, ist die Schlange am Kiosk nur noch halb so groß. Thomas wird einen Mordsumsatz machen mit den Süßigkeiten.

Knut, 1.10., 11:40

Er verdient wohl richtig viel damit. Hat zumindest Alba gesagt.

Albert, 1.10., 11:45

Ah, Alba. Du unterhältst also noch freundschaftliche Kontakte zu meinem Schwestermonster.

Knut, 1.10., 11:47

Nein, nicht mehr. Wir haben uns total gestritten. Wegen diesem doofen Video von dir. Ich habe ihr gesagt, dass sie nicht mehr meine Freundin ist, wenn sie so einen Scheiß macht. Und dann ist sie einfach gegangen und hat mich und Marie sitzen lassen.

Albert, 1.10., 11:49

Gut so. Danke. #einmannmusswissenwerseinefreundesind.

Knut, 1.10., 11:55

Weiß nicht. Noch bin ich zuallererst mal Schiri.

Aber ich habe auf diese blöde Challenge gerade überhaupt keinen Bock mehr. Wollen wir die Challenge nicht lieber abbrechen?

O Ja O Nein

Linus, 1.10., 11:57

@alle: N-E-I-N!

Roman, 1.10., 11:59

Linus hat recht, ein Theoretiker gibt niemals auf. Er ändert nur seinen Plan.

Sorry, muss zum Mittagessen. Sonntagsbraten. Für mich natürlich nicht, für mich gibt's mal wieder nur Beilagen. Und weil ich nicht in der Kirche war, auch keinen Nachtisch. Seufz.

Albert, 1.10., 12:15

Aufgeben? NIEMALS. Ich kann doch das Monster nicht gewinnen lassen. Knutschi, tut mir leid, du bist überstimmt!

www.theoretikerclub.de/blog/dokumentation

Beitrag von Linus, 1.10., 14:10

Kurzfristige Strategie zur Erlangung der Weltherrschaft.

5-Punkte-Plan

1. Geduld. Kein Meister ist vom Himmel gefallen. Der nachhaltige Sieg über die Gegner braucht einen langen Atem.

2. Die Theoretiker bündeln ihre Kräfte. Nur gemeinsam sind wir stark. Wenig nutzbringende Nebentätigkeiten wie ein Origami-Kanal und ein analoges Buchprojekt mit Monstern der Gegenwart werden eingestellt. Wir konzentrieren uns auf den Youtube-Kanal zur Weltherrschaft, der bislang am weitesten ausgereift ist.

3. Ausschalten des Gegners Thomas: Ein kleiner Hinweis an geeigneten

Stellen in der Schule (Hausmeister, Sekretariat, Elternbeirat) dürfte einige Razzien zur Folge haben, die den
Süßigkeitenhandel schnell aus dem Verkehr ziehen.

4. Albert darf keinerlei Angriffsfläche und Anlass für weitere
Videodrehs bieten. Das Zimmer muss nachts abgesperrt
werden, ebenso in Abwesenheit. Gemeinsame Zusammen-
treffen müssen minimiert werden. Sollte ein Zusammen-
treffen mit Alba unvermeidbar sein, ist es dringend geraten,
die Anwesenheit eines Elternteils oder eines Theoretikers
herbeizuführen. Diese können gegebenenfalls eingreifen
und zur Not das Handy beschlagnahmen.

5. Wir machen weiterhin so professionelle und geglückte
Videobeiträge zum Thema Weltherrschaft wie bisher.

www.theoretikerclub.de/blog/chat
Linus, 1.10., 16:02
Linus hat einen Link geschickt.
Linus, 1.10., 16:03
Voilà: Meine Lektion 2 der Weltherrschaft ist fertig geschnit-
ten und online auf Youtube. Wie findet ihr mein Meisterwerk?
Roman, 1.10., 16:15
Okay.
Linus, 1.10., 16:17
Nur okay???
Roman, 1.10., 16:19
So okay wie meinen Origami-Kanal. Ich find's eben blöd,
wenn du mir den abschießt, ohne vielleicht vorher mal mit mir
zu reden.

Linus, 1.10., 16:21

Ich habe aber doppelt so viele Abrufe wie du. Da musst du doch einsehen: Nur gemeinsam sind wir stark. Da müsst ihr einfach den Stärksten unterstützen. Der Stärkste – das bin nun mal ich. Oder willst du vom Bürohengst zum Weltherrscher aufsteigen?

Roman, 1.10., 16:27

Die Gunst der Götter wird uns den Weg weisen.

Linus, 1.10., 16:28

Was meint ihr zu meinem Video?

Albert, 1.10., 16:51

Ganz okay.

Knut, 1.10., 16:52

Alba sagt, deine Videos sind nicht witzig.

Linus, 1.10., 16:55

Nicht witzig??? Was mache ich hier eigentlich? Ich reiße mir den A… auf und dann muss ich mir solche unqualifizierten Meinungen vom Seitenrand anhören? Waren wir uns nicht vorhin darüber einig, dass Alba uns mal kann?

Albert, 1.10., 16:57

KEIN WORT MEHR ÜBER ALBA! Dieses Monster hat ein rotes T-Shirt in meine Wäsche geschmuggelt. Mama tobt vor Wut. Und will allen Ernstes meinen Frondienst mit der Familienwäsche um eine ganze Woche verlängern. Dabei hat Alba mir den doch von vornherein eingebrockt.

Roman, 1.10., 16:59

Du könntest deiner Mutter doch das Video von Alba zeigen. Da erklärt sich von selbst, wie die rosa Schminkflecken in dein Kopfkissen gekommen sind und dass du dafür nichts kannst. Dann erlässt sie dir vielleicht den Frondienst.

Albert, 1.10., 17:02

Geht nicht. Wir haben Youtube-Verbot. Irgend so ein Sozial-pädagoginnen-Ding. Jedenfalls weiß sie, wenn ich ihr das Video zeige, dass ich mich nicht an ihr Verbot halte. Dann ist der Teufel los hier. Wenn Alba ihr dann die Monster-Zettel aus der Schule zeigt, darf ich zum Schluss die Wäsche bis Weihnachten machen … Das kann ich nicht riskieren.

Knut, 1.10., 17:10

@Albert: Das ist aber eine blöde Zwickmühle. @Linus: Ich habe noch einen Punkt 6 für deinen Punkteplan. Solltest du für den Kanal nicht vielleicht Werbung machen? Man könnte Zettel verteilen oder so.

Linus, 1.10., 17:12

Endlich mal jemand, der unser Ziel begriffen hat. Knut, das war ein schlauer Tipp. Wenn ich erst Weltherrscher bin, werde ich dich zu meinem ersten Assistenten machen.

Knut, 1.10., 17:13

Vielleicht würde auch helfen, wenn deine Youtube-Videos lustiger wären.

Linus, 1.10., 17:17

Ok, ich werde mich nach einem anderen Assistenten umsehen.

Am darauffolgenden Montag herrschte am frühen Morgen, als die Theoretiker mit Knut hintendrein zum Schulbus gingen, eisiges Schweigen. Jeder schien auf jeden sauer zu sein. Albert und Roman, weil Linus ihnen ihre Geschäftsideen abgeschossen hatte. Linus auf Knut, weil der ihn unlustig genannt hatte. Und Knut, der hinter sich Alba schnattern hörte, wurde noch einmal von der ganzen Wut auf seine Babysitterin durchgerüttelt.

Kaum vorstellbar, dass sich diese Wut noch steigern könnte – aber sie konnte. Denn Knut traf am Nachmittag mit Thomas zusammen. Und zwar an der Wursttheke im Supermarkt. Sie waren beide wohl gleichzeitig zum Einkaufen geschickt worden. Es war eine Begegnung, auf die Knut gut und gerne hätte verzichten können. Denn Thomas, der gutaussehende Thomas, der Bürgermeistersohn, war nicht nur arrogant zur Verkäuferin und verlangte überheblich frisch aufgeschnittene Wurst statt bereits abgepackter. Nein, Thomas benahm sich auch gegenüber Knut wie ein echtes Ekelpaket.

Er strich sich durchs gegelte Haar und sagte dann von oben herab: »Hey, Schiri, du kannst schon mal notieren, dass wir vorne liegen in eurer dummen Challenge. Schreib mit: Thomas und seine Meister haben schon 150 Euro eingenommen. Du kannst also gleich mal den Pokal rüberwandern lassen. Das holt ihr Würstchen sowieso nicht wieder auf.«

»Welche Würstchen dürfen's denn sein?«, mischte sich die Verkäuferin ein, die wohl nur einen Teil der Unterhaltung mitbekommen hatte.

»Keine Würstchen. Sie haben nicht richtig zugehört. Das ist eine Sache zwischen dem kleinen Hanswurst da und mir!«

Die pausbäckige Verkäuferin sah Knut ganz mitleidig an. Wohl um ihn aufzumuntern, fragte sie ihn: »Na Kleiner, magst du vielleicht eine Scheibe Wurst?« Vor Scham wäre Knut am liebsten in den Boden versunken. Als wäre er noch im Kindergarten!

Knut hatte also nicht unbedingt die beste Laune, als er auf Albert traf, der vor dem Supermarkt einen Einkaufswagen entkoppelte.

»Beschissen«, antwortete Albert auf Knuts Frage, wie es ihm ginge. Und tatsächlich sah Albert mitgenommen aus. Sein langer Oberkörper war abgeknickt, so als hätte er einen Hexenschuss, und auf seinem Kinn war seit dem Morgen eine frische Schorfspur hinzugekommen.

»Hast du dich etwa mit Thomas geprügelt?«, war Knuts erster Gedanke.

Doch Albert verneinte. »Schlimmer!«, sagte er. »Mit Alba!«

»Auweia.«

»In der Schule. Alba hat Schweinchenfotos von mir auf die Jungenklos geklebt. Eins, wo Loser auf der Stirn steht. Muss sie von ihrem Video ausgedruckt haben. Den Namen ihres Kanals hat sie auch dazugeschrieben. So macht sie gleich noch Werbung für ihr mieses Geschäft.«

»Und dann hast du sie dafür geprügelt.«

»Nein, da noch nicht. Ich habe erst versucht, die Schweinchen-

fotos von den Türen runterzumachen. Aber Alba hat irgendeinen fiesen Superkleber benutzt. Die gingen nicht ab. Dann habe ich erst ein Lineal und dann ein Geodreieck als Spachtel genommen. Aber der Scheiß ging immer noch nicht ab.«

»Auweia«, meinte Knut noch einmal.

»Und dann bin ich ausgerastet. Ich habe wild mit Edding drübergeschmiert und dann mit der Faust draufgehauen. Ich war so scheißwütend, dass nicht viel gefehlt hätte, und ich hätte die Tür aus den Angeln gehoben.«

»Auweia«, wiederholte Knut, musste aber seine zuckenden Mundwinkel unter Kontrolle halten. Albert, der grün vor Wut wie *Hulk* eine Tür aus den Angeln zu heben vermochte, war irgendwie eine ziemlich komische Vorstellung.

Aber Albert fuhr fort: »Wahrscheinlich habe ich ziemlich rumgebrüllt. Irgendwann kam der Hausmeister und hat mich erwischt.«

»Mist.«

»Er hat zwar eingesehen, dass ich es schlecht gewesen sein kann, der die Loser-Fotos mit Superkleber auf die Jungenklos geklebt hat. Aber er hat leider auch noch nebendran ein altes Foto von Alba auf dem Mädchenklo gefunden. Und da hat er eins und eins zusammengezählt. Jetzt müssen wir – Alba und ich –nicht nur die Klos schrubben, wir müssen auch noch extra zum Nachsitzen.«

»Wann?«, fragte Knut.

»Übernächsten Montag. Ich könnte jetzt schon kotzen. Keine

Sekunde halte ich es mit diesem Miststück im gleichen Zimmer aus. Reicht schon, wenn ich sie zum Abendessen sehen muss.«

»Und weshalb habt ihr euch jetzt geprügelt?« Knut wollte unbedingt noch die ganze Geschichte hören, seinen schweren Korb hatte er längst abgestellt. Sein langer Freund tat ihm leid.

»Ich«, räumte Albert ein, »bin einfach noch mal ausgerastet, als ich gemerkt habe, was diese Pferdefresse noch angestellt hat. Sie hatte sich in der Garderobennische versteckt. Von der kann sie ganz unbemerkt die Klotüren beobachten – mit Selfiestick! Und du ahnst nicht, was sie da gemacht hat.«

Knut schwante durchaus etwas, er sagte aber nix. Albert fuhr fort: »Sie hatte alles mit ihrem Handy gefilmt. Meine Versuche, das miese Foto runterzuschaben, meinen Ausraster mit dem Edding, mein Gebrüll. Das Geschimpfe vom Hausmeister auch … einfach alles.«

Jetzt hatte Albert es endgültig erreicht: Knuts ganzer Körper vibrierte und zitterte nur so vor lauter unterdrückter Wut.

www.theoretikerclub.de/blog/chat
Linus, 2.10., 17:12
Hatte ich das nicht unmissverständlich klargemacht, Albert? Begib dich nicht weiter in irgendwelche kompromittierenden Situationen, die Alba aufnehmen und gegen dich verwenden kann! Was war daran so schwer zu verstehen? So wissen wir jetzt schon, wie ihr nächstes Video aussieht.
Knut, 2.10., 18:14
Für Albert ist es echt blöd gelaufen. Da kann er nichts dafür, dass ihn heimlich wer filmt. Alba ist das Problem. Die ist völlig ausgetickt mit ihrem Mobbing-Kanal.

Albert, 2.10., 18:15

Mobbing-Kanal ist die richtige Bezeichnung dafür. Danke, Knut. Wenigstens ein Theoretiker, der zu mir hält in diesen schweren Zeiten.

Knut, 2.10., 18:16

Alba ist aber nicht unser einziges Problem. Ich habe vorhin Thomas getroffen. Der hat mir gesagt, dass sie schon 150 Euro zusammenhaben. Sie werden gewinnen. Haushoch.

Albert, 2.10., 18:18

Solange Alba nicht gewinnt …

Linus, 2.10., 18:21

Was ist denn das für eine Aussage! Ich habe doch nicht meine Humor-Fortbildung begonnen, um mich von eurem Pessimismus anstecken zu lassen!

Wir machen weiter. Noch ist nichts verloren.

So, und um euch, meine Herren, in Sachen Humor schon mal ein bisschen zu trainieren, hier eine erste Scherzfrage von eurem neuen Humor-Guru: Wie viele Programmierer braucht man, um eine Glühbirne zu wechseln?

Albert, 2.10., 18:25

Vier. Einer steht auf dem Stuhl, die drei anderen drehen ihn?

Roman, 2.10., 18:28

Tausend? 999 drehen das Haus.

Knut, 2.10., 18:30

Keinen. Macht Mama.

Linus, 2.10., 18:39

@Knut: Fast. Man braucht: keinen. Ist ein Hardware-Problem.

Albert, 2.10., 18:49

Huaaar. Witzig. Der hat einen längeren Bart als Gandalf.

Linus, 2.10., 18:51

Klinke mich hier aus und widme mich meinem neuen Fortbildungsprojekt in Sachen Humor. Heute *Otto der Film*. Morgen *Der Schuh des Manitu* und *Asterix und die Briten*. Übermorgen *Das Krokodil und sein Nilpferd* und *Space Balls*. Nach dieser filmischen Nachhilfe und verschiedenen Youtube-Tutorials werde ich ein Meister des Humor-Fachs sein.

Vergesst nicht, wir drehen morgen am Feiertag außerplanmäßig die Weltherrschaftsfolge Nummer 3 »Geld«. 13 Uhr bei mir. Drehbuch wird gerade erstellt.

Knut, 2.10., 18:55

Wie viele Theoretiker braucht man, um einen Witz zu erzählen?

Knut, 2.10., 20:15

Ach schade, den hat keiner kapiert.

www.theoretikerclub.de/blog/dokumentation

Beitrag von Linus, 2.10., 19:02

Die acht Konzepte des Witzigseins

(Zwischenstand der Recherchen)

1. Trage lustige Kostüme. Federn, Indianerschmuck, Hundekostüme.

2. Tue schwul. Wenn dir das nicht liegt, trage eine rosa Hand-
tasche, lange rosa Handschuhe oder Stöckelschuhe.
3. Sei unbeholfen. Oder tue betrunken. Oder tue beides.
4. Du bist – siehe Punkt 3 – als Kind in den Zaubertrank gefallen und ernährst dich fortan einseitig von Wildschweinen.
Alternativ: Iss wie ein Wildschwein.
5. Wenn dir ein Gag zu gewagt ist, dann engagiere für die
Drecksarbeit ein kommunistisches Känguru.
6. Spreche mit fiepsiger Mädchenstimme und nicht unter
150 Wörtern pro Minute. Grunz-, Lall- und Kunstworte sind
ausdrücklich erlaubt.
7. Probleme löst man mit Nervenzusammenbrüchen, Gewalt
oder indem man eine Sahnetorte in das Problem klatscht.
8. Der Ekel ist dein Freund. Wenn nichts klappt, mach Kotze-,
Pipi- oder Kacka-Witze.

Beitrag von Linus, 3.10., 11:34
Drehbuch »Der Masterplan für die Weltherrschaft –
Teil 3: Das Geld«
Requisiten: Knete, lila Perücke, Hasenohren, Spielgeld,
Damenhandtasche, *Lillifee*-Regenschirm, *Lustiges Taschen-
buch*, Roulette-Spiel von Albert ((habt ihr das noch?)), *Risiko*-
Spiel, Schminkzeug, Furzkissen, Bastelmaterial

Ausstattung: Kamera, PC

Trailer

((Geräusche-App »Fanfare«))

Drehbuch

((Ich trage eine lilafarbene Perücke meiner Schwester Mira.))

»Meine lieben Weltherrscher zur Ausbildung, willkommen zu einer neuen Folge meines Lehrgangs zum Weltherrscher erster Klasse. Da es sich bekanntlich besser lernt, wenn man alle Sinne des Lernenden in den Unterricht einbezieht, habe ich mich dafür entschieden, mit der heutigen Lektion einen eurer wichtigsten Sinne anzusprechen. Euren Sinn für Humor.«

((Ich setze Hasenohren auf und lege blind Lippenstift auf – das funktioniert bei den Youtube-Videos von diesen Schmink-Tussis auch immer. Deswegen mache ich auch eine extra-lange Pause, damit sich mein Publikum von seinem Lachanfall erholen kann.))

»Nun habt ihr Plan, Größe und Gadgets. Als Nächstes möchte ich euch gerne über etwas aufklären, was absolut kritisch für euren Plan sein kann: Habt ihr Knete? Oder habt ihr keine? Schließlich hat nicht jeder von uns das Glück, in eine Diktatorenfamilie hineingeboren zu werden.«

((Die Kamera schwenkt auf die Knete vor mir auf dem Schreibtisch, aus der das Wort »Geld« geformt wurde.))

»Mal ehrlich: Kennt ihr einen Superschurken, der keine Kohle hat? Der sich von seinem Taschengeld keine Megatonnen-Atombombe leisten kann? Der sich den Bau eines Todes-sterns erst zusammensparen muss? Der einen Kredit aufnimmt zum Schmieden des wertvollsten und weltmächtigsten Rings, um sie alle zu knechten?«

((Von oben regnet es Spielgeld hinab. Das sollte Albert erledigen, ohne im Bild zu sehen zu sein. Ich nehme aus meiner Damenhandtasche, die über meinem Arm hängt, einen *Lillifee*-Regenschirm, den ich aufspanne. Geräusche-App: »frenetisches Lachen«))

»Solltet ihr keinen reichen Diktatoren- oder Erbonkel haben ...«

((Ich stelle ein *Lustiges Taschenbuch* mit Dagobert-Cover auf den Schreibtisch.))

»... oder keinen Milliardärssohn kennen, den ihr entführen könnt ...«

((Die Kamera schwenkt auf Knut mit einem dicken Seil geschnürt und einem Knebel im Mund. Er hält ein DIN-A3-Blatt in der Hand: Lösegeld 1.000.000.000 Euro))

»... solltet ihr prinzipiell beim Glücksspiel verlieren ...«

((Ich lasse die Kugel in der Roulette-Schale rollen.))

»... dann müsst ihr euch euer Geld leider selbst verdienen. Mein Tipp: Versucht es nicht mit Nachhilfe, Babysitten oder dem Verkauf von Süßigkeiten in der Schule. Um euch die nötigen Mittel so zu beschaffen, würdet ihr bei 50 Euro die Woche 364.615 Jahre alt werden müssen, bis ihr die nötige erste Milliarde zusammenhabt. Ich empfehle euch, euch gleich innerhalb eures Planes zur Weltherrschaft das nötige Kleingeld zu beschaffen: also die Produktion von süchtig machenden Stoffen, deren Preise ihr schleichend erhöht.«

((Ich beiße in einen Schokoriegel und schlinge ihn dann wie ein Wildschwein hinunter.))

»Ihr könnt es natürlich auch so angehen wie ich: Werdet ein Youtube-Star. Ein besonders lustiger, denn diese werden dann über Nacht bekannt.«

((Geräusche-App: »frenetisches Lachen«))

»Ihr könnt natürlich auch versuchen, eure Ziele mit Gewalt durchzusetzen.«

((Ich haue dem geknebelten Knut mit der Plastikkeule auf den Kopf. Geräusche-App: »Doing«))

»Aber der wirkungsvollere Weg – glaubt mir – ist das Geld. Glaubt eurem großen Youtube-Star.«

((Ich schlage auf den Tisch, wo das Furzkissen liegt, und als daraus ein Ton entfährt, schlage ich noch einmal drauf. Geräusche-App: »frenetisches Lachen«. Danach Geräusche-App: »frenetischer Jubel«))

»So, und nun könnt ihr selbst an euren eigenen unfehlbaren Ideen zum Geldverdienen feilen. Schaltet nächste Woche wieder ein zu unserem kleinen Lehrgang auf dem Weg zur Weltherrschaft. Das nächste Mal geht es um die Wahl der richtigen Mitarbeiter. Bis dahin bleibt alle frisch und gutaussehend.«

((Ich mache das noch mal wie diese Beauty-Tanten in den Youtube-Videos: Ich schminke mich blind nach: mit Lippenstift, Wimperntusche und Lidschatten. Geräusche-App: »frenetisches Lachen«))

Kapitel 11

#humorhandbuch

»Ich ziehe bestimmt kein Kängurukostüm an. Das kannst du dir abschminken!«, rief Knut. Gerade erst hatten sie diesen lächerlichen Geld-Dreh hinter sich gebracht, gerade erst hatte sich Knut von Knebel und Fesseln erholt, hatte sich jede Kritik an dem neuen Video loyal verkniffen (und ihm lag viel auf der Zunge!) – und dann kam Linus damit? Mit dieser hirnrissigen, ach was: mehr als hirnrissigen Idee?

Knut sollte als Assistent in ein Kängurukostüm steigen! Nein DANKE! Da fuhr selbst die Katze auf Knuts Arm die Krallen aus. Doch weder Knuts Widerstand noch Maries Drohgebärde schienen Linus zu beeindrucken. In kleinen regelmäßigen Bewegungen stieß Knut sich mit der Schaukel ab.

»Du hast doch selbst gesagt, dass mein Humor noch

›ausbaufähig‹ sei. Ein kommunistisches Känguru ist immer witzig.«

»Was ist kommunistisch?«, fragte Knut und hoffte, Linus wenigstens ein bisschen von seiner Fährte weglocken zu können. Der große Siebtklässler seufzte – wie immer, wenn ihn die grenzenlose Unwissenheit seines Grundschulfreundes zu nerven schien. Dann erklärte er mit Oberlehrerstimme: »Der Kommunismus geht davon aus, dass alles, was in einem Staat verdient wird, zu gleichen Teilen an alle verteilt wird. Also im Gegensatz wie hier bei uns, im Kapitalismus, wo sich jemand, der sich anstrengt, für sich selbst richtig viel Geld verdienen kann. Und Weltherrscher werden kann. Und weil jeder irgendwann mal Weltherrscher werden will – hat sich der Kommunismus doch nicht so durchgesetzt.«

»Dann verstehe ich nicht, warum ich ausgerechnet ein kommunistisches Känguru spielen soll.«

»Weil alle Welt ein kommunistisches Känguru lustig findet. Das hat schon bei ganz anderen funktioniert.«

»Genau deshalb«, sprang Roman, der auf der Wippe saß, Knut bei, »weil es schon mal funktioniert hat! Wir können doch nicht einfach eins zu eins kopieren, was ein anderer erfunden hat. Nur weil's bei dem witzig ist.«

»Na gut«, räumte Linus ein, zog aber eine Grimasse, »dann bekommst du eben Miras Hundekostüm.«

»Ich ziehe auch ganz sicher kein Hundekostüm an!«, sagte Knut bestimmt und griff instinktiv nach Marie, die Anstalten machte, von seinem Schoß zu springen. Es war ihr erster Tag draußen, und Knut hatte immer noch Angst, sie könne weglaufen und nie mehr zu ihm zurückfinden. Aus diesem Grund hatte er ihr sogar eine

Katzenleine umgebunden, an der Marie unentwegt zerrte. Knut griff die Leine fester. Schließlich konnte er sich nicht um zwei Probleme gleichzeitig kümmern.

»Sieh mal, Knuti«, hob Linus wieder an, »ich habe in der vergangenen Woche eine umfangreiche Recherche betrieben und dabei folgende wissenschaftliche Theorie gefunden, wie Humor wirkt: Zu 80 Prozent funktioniert das nach dem Prinzip, dass du Erwartungen nicht erfüllst, sondern eine andere, überraschende Wende einführst. Also wenn ich meinen Weltherrschafts-Assistenten einführe, dann erwartet man einen Sadisten wie *Darth Maul*, einen *Beißer* oder zumindest eine *Catwoman*. Also irgendwas mit grimmiger Maske und schwarzem langen Mantel ...«

»*Catwoman* hat aber keinen Mantel«, widersprach Albert, der am Reck lehnte. »Und die ist auch keine Assistentin.«

»Egal jetzt«, sagte Linus, »aber kein ernst zu nehmender Weltherrscher hat einen Assistenten, der nicht grausam, sondern einfach nur niedlich ist.«

»Doch – die *Minions*«, sagte Knut und fügte noch hinzu: »Und die sind außerdem witzig.«

Doch dann bemerkte er, wie er sich mit dieser letzten Aussage selbst ein Bein gestellt hatte. Denn Linus nutzte das Argument natürlich sofort für seine Zwecke aus: »Siehst du, dann kannst du genauso gut auch ein Kängurukostüm anziehen. Das ist auch witzig.«

»Hundekostüm«, verbesserte ihn Roman.

Die Lage für Knut schien hoffnungslos. Er musste die Großen ablenken: »Sagt mal,

habt ihr jetzt eigentlich was unternommen gegen Thomas und die Süßigkeiten?«

»Stimmt«, sagte Albert, »darum wolltest du dich doch kümmern, Linus.«

»Habe ich auch«, brüstete sich Linus und reckte das Kinn vor. »Am Montag habe ich eine anonyme Nachricht unter der Tür des Sekretariats durchgeschoben.«

»Und das hat funktioniert?«, fragte Knut ungläubig.

»Nicht so direkt«, gab Linus zu. »Jedenfalls haben sie am Mittwoch immer noch fleißig weiterverkauft. Jetzt habe ich eine anonyme Nachricht in den Briefkasten für den Elternbeirat gesteckt.«

»Du willst sagen …«, Albert löste sich von seinem Reck und kam drohend auf Linus zu, »das ist alles, was du bis jetzt unternommen hast, um unsere Feinde zu stoppen?« Seine Stimme überschlug sich fast.

»Du hast sie eine ganze Woche weiter ihr Unwesen treiben lassen?« Auch Roman klang sehr ungehalten. »Wo sie schon so weit vorne liegen?«

»Was hättet ihr denn stattdessen gemacht? Wenn wir zu auffällig petzen, dann merkt Thomas doch sofort, wer dahintersteckt. Das ist nicht im Sinn eines fairen Wettbewerbs.«

»Na und?«, fragte Knut. »Thomas war doch auch nicht fair und hat deinen Geocache immer wieder geklaut.«

»Das mit dem Geocache an der Anschlagtafel habe ich mittlerweile aufgegeben. Ich suche noch nach einem neuen Platz für den Geocache. Vielleicht hier auf dem Spielplatz …« Linus war inzwischen aufgestanden und inspizierte die Mütterbank und den Abfalleimer daneben.

Marie, immer noch unruhig auf Knuts Schoß, verfolgte mit gerecktem Kopf, wie Linus in die Knie ging und unter die Bank guckte. Knut hielt ihre Leine immer noch fest im Griff. »Dageblieben!«

»Zurück zum Ausgangspunkt«, warf Roman ein. »Du willst sagen: Thomas und Konsorten verkaufen weiterhin ihre Süßigkeiten in der Schule? Ganz ungehindert?«

»Und das nur, weil du komische Auffassungen von Fairness hast?«, sprang ihm Albert bei. »Eine Fairness, die kein anderer hier an den Tag legt. Thomas nicht, Jonathan und Moritz nicht. Flora und Lynn nicht. Und meine toastbrotblöde Schwester schon gar nicht ...«

Eigentlich hätte Knut etwas sagen wollen, etwas wie: »Ich habe eine Idee, wie wir das anstellen können ...«

Aber so weit kam er nicht, denn in diesem Augenblick piepste es durchdringend in Alberts Hosentasche. Der blickte sich hektisch um, um dann in einem überlauten, komischen Ton zu sagen: »... ach, ich fand die Mathe-Schulaufgabe gar nicht sooo schwer!«

»Häh?«, fragte Roman. »Wir haben doch gerade über was ganz anderes gesprochen ...«

»Familien-App!«, zischte Albert ihm zu. »Die hat den Warnton gemacht. Alba kommt.«

Knut blickte sich um. Tatsächlich, als hätte Albert sie herbeigerufen, schlenderte seine Zwillingsschwester gerade gemütlich auf den Spielplatz.

Blitzschnell stieg Linus auf Alberts Themenwechsel ein: »Nein, wenn man's checkt, ist diese Mathe-Schulaufgabe ein Klacks ...«

»Ph«, ließ sich Alba spöttisch vernehmen. »Ihr macht euch um so was Lächerliches Gedanken?«

»Vielleicht solltest du dir auch mal Gedanken über Mathe machen, wo du doch im letzten Schuljahr fast deswegen sitzen geblieben wärst!«, ätzte Albert zurück. Knut wollte schon fast zu ihm gehen und ihn einbremsen.

Doch Alba war bereits in Fahrt. Mit übertrieben süßem Tonfall flötete sie in Richtung Albert: »Ich an deiner Stelle wäre da nicht so sicher, ob Mathe gerade so das angesagte Thema ist. Wenn du mich fragst, redet die ganze Klasse gerade nur noch über ganz was anderes …« Sie grinste überheblich. »Über mein neues Video nämlich … Habt ihr's schon gesehen?«

Scheinbar weil sie wusste, welch verheerende Wirkung diese Worte auf Albert hatten, schleuderte sie in einer theatralischen Drehung ihre Mähne zurück und zog von dannen. Nicht ohne ihrem Bruder noch zuzurufen: »Ach, dass ich's nicht vergesse: Du sollst zum Essen kommen, Loser.«

Alba war noch nicht ganz außer Reichweite, da zückten alle Theoretiker ihre Smartphones. Alle außer Knut, der ja nur ein Tablet besaß, und deshalb bei Roman mit reinschaute. Dabei musste er den Griff um Marie gelockert haben, denn die Katze riss sich mitsamt der ungeliebten Leine los und hüpfte Alba hinterher, die sich gleich zu ihr runterbeugte und sie kraulte. Unter anderen Umständen hätte Knut es süß gefunden, dass sich Alba und Marie so gut verstanden. Jetzt aber war die Lage anders.

»Das ist meine Katze«, knurrte er zu Alba, die immer noch ausgiebig kraulte. Knut griff nach der Leine, aber Marie drehte sich blitzschnell weg, um sich dann auf der anderen Seite von Alba auf den Boden zu schmeißen und ihren weichen Bauch zu präsentieren. Natürlich kam Alba dieser Aufforderung nach. Aber Knut war dieses Mal schneller: Er trat erst mit dem Fuß auf Maries Leine, nahm die Schnur auf und hob dann seine Katze auf den Arm. Was Marie gar nicht passte. Sie wand sich unter seinem Griff, und als das nichts half, fuhr sie ihre Krallen aus – zum allererstem Mal gegenüber Knut.

»Autsch!« Sie hatte ihm einen dicken Kratzer am Unterarm verpasst. Unerhört. Knut konnte es kaum fassen – jetzt hatte ihn auch noch seine Katze verraten!

Stocksauer, Marie fest unterm Arm eingeklemmt, kehrte Knut zurück zu Linus, Roman und Albert, die Albas neuestes Video natürlich schon gefunden hatten. Roman spielte es extra für ihn noch einmal von vorne ab: Auch das neue Machwerk von Alba war nicht besonders schmeichelhaft für Albert.

»Trotzanfälle« hatte Alba es getauft. »Wenn Brüder nicht das bekommen, was sie wollen, dann rasten sie aus«, kommentierte ihre Stimme aus dem Off das Geschehen: Albert, wie er mit zunehmender Wut das bombenfest angeklebte Blatt von der Klotür reißen will, wie er es mit einem Geodreieck als Schaber probiert, wie er daraufhin ausrastet und fast die Tür eintritt. Die letzte Einstellung war Alberts Gesicht: Karmesinrot waren seine Wangen angelaufen, der Mund schief vor lauter Brüllen, die Augen traten hervor. Freeze.

»Gute Technik. Alba muss eine ziemlich gute Kamera haben, wenn sie so nah ranzoomen kann!«, kommentierte Linus.

»Spinnst du jetzt komplett?«
Roman entriss ihm das

Handy. »Hier geht's um deinen Freund! Das ist total übel, was seine Schwester mit ihm macht!«

»Ich meinte ja nur, so rein aus technischer Sicht …«, versuchte sich Linus zu rechtfertigen und wollte noch was zu Albert sagen. Aber Albert war schon im Aufbruch. Mit Bittermiene schob er das Handy zurück in die Hosentasche: »Ihr habt's ja gehört. Ich muss zum Essen.« Sprach's und schlappte von dannen. Seine langen Schuhe schlurften am Boden, er ging vornübergebeugt wie ein alter Mann. Knut konnte nichts tun, um den armen geknickten Albert irgendwie zu trösten.

www.theoretikerclub.de/blog/chat
Linus, 7.10., 20:05
Wir werden uns rächen. Episch. Fürchterlich. Alba wird die ganze Rache eines Weltherrschers erfahren.
Albert, 8.10., 13:04
@Knuti: Können wir LAN-Party machen? Ich spiele alles, was du willst, muss gar nicht Anno oder Minecraft sein. Meinetwegen sogar Sims. Ich muss nur raus hier!
Knut, 8.10., 13:15
@alle: Klar, kommt rüber. Birgit und Stefan sind einverstanden. Ist was passiert?
Albert, 8.10., 13:22
Ich habe Albas Wimperntusche mit ihrem Lieblings-Jumpsuit gewaschen. Upsi. Der ist jetzt im Eimer. Sagen wir mal so, die Stimmung hier ist nicht eben friedlich …
Bin gleich da.

Arg geknickt sah Albert eigentlich gar nicht mehr aus, als er bei Knut eintraf. Wenn man ehrlich war, lag ein kleiner boshafter Zug in seinen Augen. Knut schickte ihn mit Roman zusammen in den Keller, wo seine Mutter Birgit ihr Büro und ihren Computer hatte. Er selbst bezog mit Linus in Papa Stefans Büro Stellung. Auch wenn er lieber Sims gespielt hätte, setzten die Großen doch wieder Anno durch. Und auch diesmal musste ihm nach der halben Partie Stefan unter die Arme greifen.

Linus nutzte die Gelegenheit, Stefan um Rat zu fragen. Dessen umfangreiche Blu-Ray-Sammlung und noch umfangreicheres Kinowissen waren für die Theoretiker immer wieder aufs Neue faszinierend.

»Sag mal, Stefan, was sind die witzigsten Komiker, die du kennst. Und warum?«, fragte der Cheftheoretiker. »Ich mache Recherchen darüber, was die Menschheit unter Humor versteht.«

Stefan wandte seinen Blick nur ungern vom Bildschirm ab. »Puh, wahrscheinlich findet jeder Mensch was anderes witzig. Aber es gibt halt ein paar Geschichten, über die sich die große Mehrheit amüsiert. *Tom und Jerry* zum Beispiel, *Fluch der Karibik*, *Charly Chaplin*, die *Minions* …«

Im Hintergrund gluckste Knut.

»oder … *Dick und Doof* …«

www.theoretikerclub.de/blog/chat

Linus, 8.10., 15:14

@Albert, @Roman: Also wenn Knut nicht das kommunis-
tische Känguru machen will, dann könntet ihr doch als meine
Dick und Doof-Assistenten auftreten.

Roman, 8.10., 15:25

Entschuldigung, aber das darf ich ja wohl als Beleidigung auf-
fassen … Ich bin nicht dick.

Albert, 8.10., 15:27

Und ich nicht doof.

Linus, 8.10., 15:29

Aber, und Stefan hat mir das gerade bestätigt, viele Humor-
konzepte basieren auf Schadenfreude. *Tom und Jerry*,
Inspector Clouseau. Also wären *Dick und Doof* ideal dafür.

Albert, 8.10., 15:31

Ich weiß sehr genau, wie Schadenfreude funktioniert. Wenn
du dich erinnerst: Ich bin der Star eines ganzen Schaden-
freude-Kanals auf Youtube. Es wäre schön, wenn sich zur
Abwechslung mal jemand anders lächerlich macht.

Linus, 8.10., 15:35

@Knut: In meinem nächsten Video spielst du den Assistent.

Wenn Knut das sofort gelesen hätte, hätte er gleich an Ort und
Stelle protestieren können, doch er schaltete erst am späten Abend
den Chat ein. Er wollte den Theoretikern doch von dem überaus
erfolgreichen Coup berichten, den er gelandet hatte. Denn um fünf
Uhr, gerade als der Theoretikerclub gegangen war, klingelte es er-
neut bei den Jenssens.

»Ich hoffe, ich habe Sie nicht am Sonntagnachmittag gestört«, hob eine mächtige Stimme an, die Knut dazu bewegte, doch noch mal neugierig um die Ecke zu linsen. Der Bürgermeister! Thomas' Vater fiel gleich mit der Tür ins Haus: »Aber, verehrte Frau Jenssen, ich hätte einen Auftrag für Sie!«

Aha. Um besser lauschen zu können, blieb Knut in der Küche und wusch als Alibi gründlichst Maries Futternäpfe aus.

»Also, meine Gute«, hob der Bürgermeister in seinem dröhnenden Bass an, »ich brauche einen Fotografen für mein Jugend-Austauschprojekt. Wenn ich mich entsinne, fotografieren Sie Kinder für Modezeitschriften. Sie wären also ideal für unseren Prospekt.«

»Ja«, versuchte Birgit zu widersprechen, »aber das ist eine ganz andere Art von Fotografie ...«

Doch das ließ der Politiker nicht gelten: »Sehen Sie, ich möchte die Jugend unserer Gemeinde in einem richtigen Licht darstellen. In einer Hochglanzbroschüre. Damit unsere Freunde in Brasilien gleich einen guten Eindruck von uns bekommen. Sie sollen sehen, dass sie hier gesittete, sympathische und offene Freunde erwarten. Kinder sympathisch fotografieren – das können *Sie* doch am allerbesten, Frau Jenssen. Vielleicht will ja auch Ihr Sohn dabei mitwirken ...«

Vor Schreck ließ Knut den Fressnapf scheppernd ins Spülbecken fallen.

»Natürlich nur, wenn Ihr Sohn einverstanden ist und auch wenn Ihr Mann dem zustimmt ...«

Stefan war gerade

die Treppe heruntergekommen und sah erstaunt vom Bürgermeister zu seiner Frau und zu Knut, der finster die Nase rümpfte.

»... selbstverständlich müsste das alles auch seine Richtigkeit haben. Das können wir nicht so einfach unter der Hand machen. Ich brauche von Ihnen für diese Tätigkeit eine reguläre Rechnung. Mit ausgewiesener Steuer!«

Genau in diesem Augenblick – Knut würde später selbst nicht mehr sagen können, warum gerade da – durchfuhr ihn eine Idee. Eine teuflisch gute Idee.

Ohne größere Umschweife setzte er sich an den Tisch zum Bürgermeister und fing ungefragt zu reden an: »Herr Breitstetter, muss man eigentlich für alle *richtigen* Geschäfte Steuern zahlen?«

Die Erwachsenen guckten irritiert. Aber Knut vertraute auf sein Engelsgesicht, seine blonden Locken und seine Unschuldsmiene.

»Natürlich muss man das. Auf jede Geschäftstätigkeit werden Steuern fällig«, antwortete der Bürgermeister.

»Also auch, wenn man Süßigkeiten verkauft?«

»Ja, auch dann muss man Steuern abführen. Mehrwertsteuer. Und Umsatzsteuer für den Verkäufer.«

»Also ist es vom Recht her verboten, wenn man in der Schule mit Süßigkeiten handelt und keine Steuern an die Gemeinde gibt ...«

Nun zögerte der Bürgermeister. Ahnte er vielleicht schon, worauf Knut herauswollte?

»Jaaaa, das wäre illegal ...«

www.theoretikerclub.de/blog/chat

Knut, 8.10., 19:42

#schlauerpetzen 2.0. Die Sache mit dem Süßigkeitenverkauf von Thomas sollte sich erledigt haben. Irgendjemand muss dem Bürgermeister was davon erzählt haben …

Linus, 8.10., 19:55

Ein echtes Genie, dieser Knut. Ein Theoretiker im besten Sinne.

Albert, 8.10., 20:03

Respekt. Und das an einem Tag mit einer ungeraden Quersumme. Es geht wieder aufwärts, meine Herren Theoretiker.

Roman, 8.10., 20:15

Victoria in omnia linea. (@Knut: Latein für »Sieg auf der ganzen Linie«.)

Kapitel 12

#handlangerdeswahnsinns

www.theoretikerclub.de/blog/chat

Albert, 10.10., 20:19

#soeinelendigerdreck. Ihr ahnt nicht, was dieses Miststück schon wieder ausgekocht hat!

Linus, 10.10., 20:21

Hat sie ihre Seele an den Teufel verkauft? Trägt sie *Super-woman*-Kostüme? Hat *101 Dalmatiner* in ihr Lebkuchen-häuschen entführt?

Albert, 10.10., 20:25

Das ist alles nichts im Vergleich. Dieses Miststück hat mein Shampoo geknackt und irgendwelches Blondierzeugs rein. Leider habe ich es erst gemerkt, als es zu spät war.

Ich. Bin. Hellstblond. Jetzt sehe ich aus wie Justin Bieber.

Albert, 10.10., 20:27

Albert hat ein Bild gesendet

Roman, 10.10., 20:29

Mehr wie die langhaarige Version von Justin Bieber.

Linus, 10.10., 20:30

Solange du nicht auch noch gehirnblond bist …

Roman, 10.10., 20:35

Und du hast davon nichts gemerkt? Dieses Blondierzeug von meiner Mutter stinkt ja immer bestialisch.

Albert, 10.10., 20:36

Alba war vor mir im Bad und hat mit Nagellackentferner rumgemacht. Der stinkt mindestens ebenso bestialisch. Jetzt weiß ich, was sie tatsächlich da drin getrieben hat.

Knut, 10.10., 20:37

Birgit sagt, du siehst mehr aus wie Kurt Korbeen oder so ähnlich Das ist irgend so ein toter Sänger, auf den sie steht. Wenn's dich tröstet …

Es tröstete Albert nicht. Am kommenden Morgen auf dem Schulweg trug er eine Mütze, unter die er alle seine Haare gestopft hatte. Nur eine hellblonde Strähne hatte sich herausgekämpft und hing ihm in die tief gefurchte Stirn.

»Zeig mal!«, hatte ihn Knut gebeten, und Albert hatte ihn und die anderen Theoretiker erst hinter einen Busch gezogen, bevor er die Mütze abnahm und ihnen seine neue Frisur präsentierte.

Schade, viel Ähnlichkeit mit Kurt Cobain – Birgit hatte Knut ein Foto und den richtigen Namen auf dem Tablet gezeigt – hatte Albert dann doch nicht. Das Blondierzeug war offenbar auch nicht überall gleichmäßig angekommen. So wirkte Alberts neue Frisur leicht scheckig und wies noch einige köterblonde Flecken dazwischen auf. Er sah aus wie ein altersschwacher, struppiger Leopard.

»Heute Nachmittag habe ich einen Termin beim Friseur«, seufzte Albert, als er die Mütze wieder aufzog. »Immerhin hat Mama jetzt Alba den Frondienst mit der Wäsche aufgedrückt. Nur – meine alten Haare bringt mir das auch nicht wieder.«

»Hab ich dir nicht gesagt, du sollst dich nicht in kompromittierende Situationen begeben?«, ermahnte ihn Linus.

»Man wird doch darauf vertrauen dürfen, dass man wenigstens in seinem Badezimmer seine Ruhe vor diesem Biest hat!«

www.theoretikerclub.de/blog/chat
Roman, 11.10., 16:50
Ach Mist, jetzt ist mein Nutella-Brot auf die Tastatur gefallen. Natürlich mit der Schokoladenseite nach unten.
Linus, 11.10., 16:55
Du musst während des Fallens die Tastenkombination STRG, Umschalten und D(rehen) drücken, dann fällt es auf die Unterseite. Oder du drehst dein Objekt im Bildbearbeitungsprogramm um 180 Grad.
Roman, 11.10., 16:58
Haha. Witzig.
Linus, 11.10., 16:59
Das ist gut, wenn du das witzig findest. Schreibe gerade an meinem jüngsten Drehbuch. Und das wird witzig 4.0!

Beitrag von Linus, 11.10., 19:02

Drehbuch »Der Masterplan für die Weltherrschaft – Teil 4: Der Handlanger«

Requisiten: Knut, Albert, *Stormtrooper*-Figur, Abfalleimer, Schnellhefter, Brechstange, Sparschwein, alter Schoko-Osterhase, Wäschekorb, Wandkalender, *Super-Mario*-Kostüm (@Roman: Das hattest du vor zwei Jahren doch noch), Sahnetorte, Bastelmaterial

Ausstattung: Kamera, PC

Trailer

»Liebe Freunde der gepflegten Weltherrschaft, willkommen zu einer neuen Folge unseres Lehrgangs. Dies wird eine besondere Folge sein, denn ab heute werde ich mich nur noch meiner wichtigsten Aufgabe zuwenden – der Lehre. Niedere Arbeiten werde ich ab jetzt nicht mehr selbst verrichten. Dafür habe ich nämlich neuerdings meine Handlanger.«

((Ich deute auf die Hände von Knut, der neben mir sitzt. Die Kamera schwenkt mit. Wichtig: Knut ist immer nur im Ausschnitt, niemals ganz und mit Gesicht zu sehen.))

»Ihr ahnt es sicher schon: In dieser Folge geht es um die Wahl des geeigneten Personals. Ich rede jetzt nicht von einer ganzen Armee. Sicherlich ist diese im Hinblick auf die Machtdurchsetzung und den Machterhalt förderlich. Eine Armee mit *Stormtroopern*, na gut, treffsicheren *Stormtroopern*, könnte natürlich niemand mit gesundem Machtverstand ausschlagen …«

((Knut stellt meine *Stormtrooper*-Figur auf den Schreibtisch.))

»Auf die Opferbereitschaft von Lemmingen und *Minions* im Zusammenhang mit der Macht werde ich in einer der kommenden Folgen eingehen. Heute allerdings bitte ich euch, euer Augenmerk auf nur eine einzige Person aus dem Gefolge des Weltherrschers zu richten: Den persönlichen Assistenten.«

(((Ich hole eine Plakette hervor, halte sie vor die Kamera. Auf dieser steht: »persönlicher Assistent«))

»Geht dabei akribisch vor und prüft die Zahl der geeigneten Bewerber sorgfältig.«

((Zwei Schnellhefter, auf denen deutlich »Bewerbung« steht, landen im Abfalleimer.))

»Euer persönlicher Assistent sollte

A) ein ausgewiesener Experte in Gewaltausübung sein …«

((Knut legt eine Brechstange auf den Schreibtisch.))

»B) euch den Rücken von lästigen Details freihalten – gerade wenn es um so unschöne Dinge wie Mord, Intrige und Geldzählen geht …«

((Knut leert das Sparschwein aus.))

»C) im Zweifel sogar skrupelloser sein als ihr selbst …«

((Knut hackt einem alten Schoko-Osterhasen mit einem Messer den Kopf ab, alternativ: er setzt sich Känguru-Ohren auf!))

»D) selbst ein bisschen was im Hirn haben. Sonst ergeht es euch im Streben nach der Weltherrschaft wie *Pinky and the Brain*.«

((Knut hält ein Bild der beiden scheiternden Mäusehelden hoch, zerknüllt es und wirft es in den Abfalleimer. Geräusche-App »Fail«))

»Um ein bisschen zu verdeutlichen, welches Kaliber der perfekte Assistent so aufweisen sollte: Ideal wäre zum Beispiel ein Knochenbrecher wie *Butler* aus *Artemis Fowl*; eine wahnsinnige Verehrerin wie *Bellatrix Lestrange* aus *Harry Potter*; oder ein Kerl mit gewaltiger Einzelbegabung als Überraschungseffekt wie der *Beißer* aus *James Bond*, der zur Not ein Seilbahnkabel durchbeißen kann.«

((Knut hält ein Foto von dem Beißer in die Kamera. Die schwenkt langsam zu Albert, der mit seiner festen Zahnspange in die Linse grinst. Notiz @Albert: Vorher Zähne putzen!))

»Ein Assistent ist nicht nur für die Kleinigkeiten des Alltaglebens zuständig, mit denen sich ein Weltherrscher heutzutage nicht mehr aufhalten kann.«

((Knut putzt mir den Mund ab und trägt einen Wäschekorb durch das Kamerafeld.))

»Außerdem ist er für die Terminkoordination und die Verpflegung zuständig.«

((Knut trägt in einen Wandkalender ein: »Ablauf Ultimatum an den US-Präsidenten«, »Jubiläum der Machtübernahme«, »Friseur«.))

»Von den kleineren Aufgaben mal abgesehen, sich um das Eliminieren der Feinde zu kümmern …«

((Knut haut mit dem Brecheisen auf die – leere – Boxhülle der DVD-Sammlung *James Bond*.))

»… ist er vor allem auch aus zweierlei Gründen nicht zu ersetzen. Zum einen

bewahrt er seinen Chef davor, sich in irgendeiner Situation lächerlich zu machen, indem er selbst die Lacher auf sich zieht.«

((Nun zeigt die Kamera erstmals Knut in voller Größe, er trägt das *Super Mario*-Kostüm von Roman. Geräusche-App »Schallendes Gelächter«.))

»Zum anderen ist er unbezahlbar für Zornattacken jeglicher Art, sollten dem angehenden Weltherrscher wegen unerwartet auftretender Schwierigkeiten kurzzeitig die Nerven entgleisen.«

((Ich stehe auf. Brülle Knut an: »Bond lebt?!? Du unfähiges Etwas!«, und knalle ihm eine Sahnetorte ins Gesicht. Danach blicke ich in die Kamera.))

»Zum Showdown könnt ihr bei Bedarf euren Assistenten auch über die Klinge springen lassen. Er wird dann leider ein Opfer der Umstände.

Was aus dem Schicksal meines kleinen Assistenten hier wurde, erfahrt ihr in der kommenden Woche zur nächsten Folge von ›Der Masterplan für die Weltherrschaft‹.«

www.theoretikerclub.de/blog/chat
Albert, 12.10., 16:55
Heute habe ich mich endlich für die blonden Haare gerächt. Ich habe Alba für ihren Computer einen schwarzen Bildschirmhintergrund programmiert und die Tastatur ausgesteckt. Jetzt glaubt sie, ihr Computer sei kaputt. Seit zwei Stunden schon flucht sie und hämmert auf der Tastatur rum. #rachekannsoschönsein.

Roman, 12.10., 17:01

Wie hast du ihr Passwort erraten?

Albert, 12.10., 17:02

Gar nicht, sie hat den Rechner angelassen und hat sich dann zum Telefonieren ins Klo verkrümelt. Hatte wohl was Geheimes zu besprechen.

Knut, 12.10., 17:05

Hatte sie Youtube auch noch offen?

Albert, 12.10., 17:07

Jawoll, Youtube war auch noch offen.

Uuuuund: Ich. Hab. Alles. Gelöscht.

Jedes blöde Video von mir. Ich kann euch gar nicht sagen, was für ein episches Gefühl es sein kann, auf die Delete-Taste zu drücken. #sodummkannnuralbasein

Knut, 12.10., 17:11

Puh, das ist aber fies.

Albert, 12.10., 18:45

Das Tolle ist: Auch Papa hat's nicht repariert bekommen.

Sie glauben alle, der Rechner ist Schrott.

Knut, 12.10., 18:47

Aber der Rechner ist doch an. Da muss doch irgendwo ein grünes Licht sein.

Albert, 12.10., 18:55

Update: Jetzt sind auch noch Lynn und Flora gekommen. Als ob gerade die helfen könnten! Lynn hat ja nicht mal ein Handy.

Albert, 12.10., 19:15

Update 2: Lynn hat den

Rechner wieder zum Laufen bekommen. Ich weiß nicht, wie sie das gemacht hat, aber sie war wohl die Erste, die geguckt hat, ob auch alles eingestöpselt ist.

Albert, 12.10., 19:17

Update 3: Papa war dabei. Und das Erste, was nach dem schwarzen Bildschirm erschien war … tatatata … Youtube.

Knut, 12.10., 19:20

Upsi, ihr habt doch zu Hause Youtube-Verbot, oder?

Albert, 12.10., 19:21

Update 4: @Knut: Ja. Bingo.

Jetzt gibt's gleich Problemsitzung im Familienrat. Mama hat's irgendwie anders genannt, irgend so ein #sozialpädagogin-nenspezialausdruck. Hoffentlich zündet sie nicht wieder eine Kerze an, und wir müssen so lange reden, bis die runter-gebrannt ist. Das dauert immer elend lang. Na ja, solange es dieses Mal nur Alba trifft …

Albert, 12.10., 19:25

Update 4.1: Lynn hat gesagt, mir steht die neue Frisur.

Knut, 12.10., 19:26

Finde ich auch. Du siehst viel cooler aus mit kurzen Haaren. Und das strohblond ist auch ok.

Albert, 12.10., 21:01

Update 5: Niemand hat bemerkt, dass ich das mit dem Bild-schirm war. Alba hat Computerverbot für eine Woche. Das ist aus drei Gründen super: Erstens hat sie allein Verbot, ich keins. Zweitens ist ihr Laptop konfisziert und sie kann ihren Youtube-Kanal nicht wiederherstellen. Und drittens: Es wird ziemlich hart werden, auch danach heimlich was zu posten,

wenn Mama wie ein Schießhund aufpasst. Hach, was für ein Tag! Quersumme 12.10. = Quersumme 4. Muss ich mehr sagen?

Linus, 12.10., 21:10

Warum hast du sie nicht verpetzt? So richtig? Dass sie einen Kanal unterhält und so?

Albert, 12.10., 21:15

Womit hätte ich sie denn verpetzen sollen? Es waren ja keine Videos mehr in ihrem Kanal!

Linus, 12.10., 21:18

Auf alle Fälle bekommst du eine angemessene Rolle in MEINEM Kanal. Als Neuauflage vom *Beißer*. Hast du das Drehbuch schon gelesen?

Linus, 12.10., 22:05

Albert?

Alberts Triumphgefühl sollte die Stimmung der Theoretiker nur für kurze Zeit aufhellen. Denn schon am Samstag, als sie sich zum Dreh der nächsten Folge von Linus' Masterplan für die Weltherrschaft versammelt hatten, gab es Streit.

Es begann damit, dass Albert sich weigerte, seine »Gitterfresse« in die Kamera zu halten, woraufhin Linus schlussendlich auf die *Beißer*-Idee verzichtete. Aber dass sich Albert mit seinem Protest durchgesetzt hatte, ermutigte nun auch Knut. Das alberne *Super-Mario*-Kostüm wollte er auch nicht anziehen. Er spielte doch keinen Hausmeister! Nicht mal für seinen großen Freund Linus.

Schließlich einigten sie sich darauf, dass Knut seine *Minions*-Wintermütze und die blaue Arbeitsuniform von *Super Mario* tragen würde. Mochten sich die Zuschauer selbst zusammenreimen, wen er darstellte. Der Gag mit der Sahnetorte blieb im Drehbuch, weil sie Linus so wichtig war.

Doch kaum hatten er und Linus das ausgekaspert, regte sich Widerstand beim dritten Mitspieler, bei Roman.

»Ist dir mal aufgefallen, dass du dir immer nur bescheuerte Rollen für uns ausdenkst?«, fragte er. »Das *Känguru*? *Dick & Doof*? Der *Beißer*? *Super Mario*? Also alles, womit man sich maximal lächerlich machen kann?«

Linus rutschte unbehaglich auf seinem Schreibtischstuhl hin und her. Roman fuhr fort: »Du hingegen stehst immer als der strahlende Held da!«

»Momentchen mal, das muss doch so sein«, fing Linus an, »Weltherrscher müssen ein Charisma haben, das alle anderen überstrahlt ...«

»Nein«, widersprach Roman, »es muss absolut nicht so sein, dass wir dadurch automatisch zu Witzfiguren werden. Knut zum Beispiel will sich nicht zum Affen machen.«

Knut spitzte die Ohren. Da ging es um ihn! Sicherheitshalber machte er ein grimmiges Gesicht. Roman kam jetzt so richtig in Fahrt: »Ich frage mich, wofür ich meinen Origami-Kanal aufgeben musste. Damit ich und Knut und Albert uns hier blamieren müssen?«

»Ah, darum geht's«, schoss Linus zurück, »das alte Origami-Thema. Na schön, wenn du dich dann besser fühlst: Du kannst ja einen *Stormtrooper* in Origami falten. Den nehmen wir dann fürs Video.«

Doch jetzt explodierte Roman vollends: »Du hast echt nichts begriffen. Als ob das jetzt noch irgendwas rausreißen könnte! Mach doch deinen Scheiß allein!« Mit diesen Worten sprang er auf und verließ fluchtartig das Zimmer.

Knut war nicht weniger verdattert als Linus und Albert, wagte aber noch einen letzten Versuch, um ihn umzustimmen. »Du kannst wirklich *Stormtrooper* als Origami?«, rief er Roman nach. »*Iron Man* auch? Und *Darth Vader*? *Spider-Man*? Kannst du welche für mich machen?«

Vergebens. Man hörte noch, wie die Haustür geräuschvoll in die Angeln schlug. Danach dauerte es Ewigkeiten, bis die restlichen Theoretiker wieder aus der Schockstarre erwachten.

Als Erster hatte sich Linus wieder gefasst. Seine zwei verbliebenen Handlanger dirigierte er so hinter Kamera und Schreibtisch, dass der Dreh trotzdem noch irgendwie funktionierte. Aber halt nur irgendwie. Die Stimmung war im Eimer. Linus gelang es nicht, bei den Aufnahmen witzig zu erscheinen. Und Knut versaute die letzte Einstellung mit der Sahnetorte, indem er alles sofort ausspuckte und »Ih, bäh, Rasierschaum!« schimpfte.

Entsprechend herrschte am darauffolgenden Sonntag Funkstille. Der Spielplatz und der Blog blieben verwaist, und Knut ließ sich aus lauter Langeweile sogar darauf ein, seine Mutter zum Kaffeeklatsch zu begleiten. Aber schon bald bereute er seine Entscheidung, denn dort traf er auf seine Krabbelgruppenfreundin Lea.
Eine Dauerquasselstrippe, die Knut nach einer

halben Stunde so auf die Nerven ging, dass er sogar das eisige Schweigen der Theoretiker vorgezogen hätte.

Am Montag, als sie zum Schulbus gingen, hatten die Theoretiker ihren Streit immer noch nicht beigelegt.

Linus schlurfte vorweg und blickte nicht einmal von seinem Smartphone auf. Roman und Albert trotteten in deutlichem Abstand hinterher. Knut traute sich nicht, einen von ihnen anzusprechen, konnte aber hören, was Albert Roman zuflüsterte: »Heute ist das Nachsitzen. Alba muss auch hin. Und wenn ich es richtig verstanden habe, sind auch Thomas und Moritz dazu verknackt worden. Wegen des Süßigkeitenhandels!«

»Alba, Thomas und Moritz! Oh, oh, das wird aber kein schöner Termin!«, flüsterte Roman zurück.

»Kannst du mitkommen? Sonst bin ich nur noch von Idioten umzingelt.«

»Kann nicht Linus ...?«, fragte Roman zurück, aber es war ihnen beiden klar, dass die Frage überflüssig war.

»Nicht Linus. Der kann mich mal.«

»Na schön. Ich schick nur schnell meiner Mutter eine Nachricht, dass ich später komme ...«

www.theoretikerclub.de/blog/chat
Linus, 16.10., 13:17

@Knut: Kannst du mal kurz bei meiner Mutter klingeln, dass ich erst um 16:15 Uhr zu Hause bin? Ich erreiche sie nicht. Muss heute nachsitzen, weil ich dreimal mein Sportzeug vergessen habe.

Knut, 16.10., 13:29

Habe ich gemacht. Grüße an Roman und Albert. Die sind auch beim Nachsitzen.

Linus, 16.10., 13:40

Ah. Habe sie noch gar nicht gesehen. Noch ist Mittagspause. Um 13:45 Uhr müssen wir im Computerraum sein.

Knut, 16.10., 13:55

Wie läuft's?

Roman, 16.10., 13:56

Beschissen.

Albert, 16.10., 13:58

Und dieser Tag hat Quersumme 8? Es müsste alles großartig laufen für mich. Betonung auf »müsste«. Tut es nämlich nicht.

Knut, 16.10., 14:02

Was ist denn los?

Roman, 16.10., 14:05

Ich bin offenbar der Einzige, der die Strafarbeit macht: Am Rechner einen Aufsatz schreiben über »Gesellschaftliche Verantwortung des Einzelnen«.
Dabei bin ich der Einzige in diesem Sauhaufen, der nichts verbrochen hat. NICHTS! Wenigstens ist Flora da.

Knut, 16.10., 14:05

Wieso jetzt Flora?

Roman, 16.10., 14:10

Keine Ahnung, Alba und sie sitzen jedenfalls vor mir.

Wenn ich es richtig sehe, schreiben die nichts. Sondern stellen gerade den »How to trick your brother«-Kanal wieder her.

Albert, 16.10., 14:12

Wie bitte? Was machen die? Woher haben die überhaupt die Videos? Die hatte ich doch alle gelöscht.

Linus, 16.10., 14:15

Per Handy. Alba wird sie auf dem Handy gespeichert haben. Oder hat eure Mutter neben dem Laptop auch ihr Handy eingezogen?

Albert, 16.10., 14:17

@Linus: Nee, Handys bleiben bei uns, falls wieder jemand auf dem Schulweg verloren geht.

Kannst du nicht was gegen Alba und Flora tun?

Roman, 16.10., 14:18

Und was bitte schön? Nasse Papierkügelchen auf die Bildschirme schießen? Sie verpfeifen? Und wenn ja, an wen? Der Grellhammer schraubt im Serverraum und hört nix bei all den Lüftern. Und ganz ehrlich: Ich möchte bestimmt nicht Thomas und Moritz auf mich aufmerksam machen.

Warum bin ich nur mitgekommen?

Albert, 16.10., 14:21

@Roman: Weil du ein echter Freund bist. Deshalb.

@Linus: kannst du der Reihe von Alba nicht einfach den Netzwerkzugang sperren oder so? Da muss man doch was dagegen tun können.

Linus, 16.10., 14:24

@Meine Herren: Ich kann ja viel, aber mich ohne Passwort ins Schulnetzwerk hacken, kann ich leider auch nicht. Du

kannst mir glauben, ich habe schon alles versucht: Grellham-
mers Geburtsdatum, seinen Vornamen, den seiner Frau, den
seiner Kinder, den Namen seiner Katze und sogar den Vornamen unserer Rektorin. Sie haben das Schulnetzwerk wohl
wirklich idiotensicher abgeriegelt.

Roman, 16.10., 14:25

Ich will gar erst nicht wissen, woher du so viele Infos über
unseren Informatiklehrer hast.

Linus, 16.10., 14:27

Natürlich stehe ich mit allen Koryphäen der Informationstech-
nologie in regem Austausch. Wobei Koryphäe es in dem Fall
von Grellhammer nicht ganz trifft …

Roman, 16.10., 14:28

Mir wäre lieb, wenn er vorne säße und nicht im Serverraum.
Noch mal 45 Minuten allein mit diesen pleni postes (@Knut:
Latein für »Vollpfosten«) halte ich nicht aus. Wenn ihr wenigs-
tens neben mir sitzen würdet und nicht irgendwo vor der
Tafel. Jetzt hat Flora mich auch noch gefragt, ob ich das neue
Video von Alba nicht liken will.

Roman, 16.10.,14:29

Roman hat einen Link gesendet

Knut, 16.10., 14:35

Hab gerade Albas neues Video gesehen. Auweia.

Linus, 16.10., 14:40

@Albert: Hatte ich nicht gesagt: KEINE Angriffsfläche für deine Schwester bieten?
Und dann läufst du ihr, nur
in Unterhose, schreiend

vor die Kamera? Eine bessere Steilvorlage gibt's ja wohl kaum!

Albert, 16.10., 14:45

Zu meiner Entlastung: Das war da, wo sie mir das Bleich-zeugs ins Shampoo getan hat. Da komme ich direkt aus dem Badezimmer. Kann ich ahnen, dass sie da draußen auf mich wartet und mit der Kamera draufhält?

Roman, 16.10., 14:50

Du trägst echt *Sponge-Bob*-Unterhosen?

Albert, 16.10., 14:51

Ja, die mit dem Lichtschwert war in der Wäsche.

Roman, 16.10., 14:55

@Albert und Linus: Habt ihr mitbekommen, Alba hat Thomas und Moritz eine Whatsapp geschickt? Sie sollen das Video anklicken. So oft es geht.

Linus, 16.10., 14:57

WAS? Die macht Klick-Betrug? Die hat Thomas angeheuert, damit er auf ihre Videos klickt? Dann sticht sie uns aus und bekommt noch mehr Werbegelder für ihre Videos. #wassoll-denndiescheiße? Und #wielangegehtdasschon?

Roman, 16.10., 14:59

@Linus: Bleib ruhig. Wir haben das Nachsitzen bald über-standen. Nicht nötig, in der letzten Viertelstunde noch einen Streit anzuzetteln.

Roman, 16.10., 15:03

Linus, ich sagte NICHT streiten!

Roman, 16.10., 15:04

LINUS!!!!!!

Albert, 16.10., 15:09

@Linus: Tut mir leid, Linus, aber in dem Punkt hat Alba recht: Man darf wirklich erst mit 13 einen Youtube-Kanal aufmachen. Habe ich gerade nachgegoogelt. Auch wenn du bald Geburtstag hast – du bist noch keine 13! Du dürftest tatsächlich noch keinen Kanal aufmachen.

Roman, 16.10., 15:10

@Linus: Bleib sitzen! Alba wird dich schon nicht verpfeifen, wenn du jetzt Ruhe bewahrst. Und die Youtube-Fuzzis müssen dir erst einmal nachweisen, dass du dich mit falschem Geburtsdatum angemeldet hast.

Roman, 16.10., 15:11

@Linus: Ja, sie hat bei der Challenge betrogen, aber es hilft jetzt auch nix, wenn du dich jetzt aufplusterst!

Roman, 16.10., 15:12

LINUS!!!!!!

Linus, 16.10., 15:34

@Knut: Kannst du meiner Mutter sagen, dass es noch später wird? Wir müssen noch zwei Stunden länger hierbleiben. Es gab leichte Unstimmigkeiten.

Roman, 16.10., 15:37

Leichte Unstimmigkeiten? Das ist ja wohl deutlich untertrieben! Linus hat sich mit Alba geprügelt. Und dann haben Thomas und Moritz ihn festgehalten und mit Tafelschwämmen malträtiert. Und das hat dann sogar der Grellhammer trotz des Lüfterlärms in seinem Serverraum mitbekommen.

Jetzt dürfen wir alle noch mal länger nachsitzen. Wir alle! Dabei sitze ich hier völlig unschuldig ein.

Albert, 16.10., 15:45

@Linus: Wie war das noch mal mit »keine Angriffsfläche bieten«? Die haben deinen Tobsuchtsanfall schön auf Video mitgefilmt. Und übermorgen ist Linus der neue Star in »How to trick your brother«. Herzlichen Glückwunsch.

Linus, 16.10., 15:48

Sie hat mein Lebenswerk infrage gestellt. Da bin ich einfach ausgerastet.

Knut, 16.10., 15:50

@Linus: Deine Mutter sagt, wenn du sowieso so spät kommst, sollst du noch ein frisches Brot fürs Abendessen mitbringen. Und nicht wieder so ein ungesundes Weißbrot!

Kapitel 13

#eliminieredeinefeinde

»Linus!!!!«, rief Roman und hielt Linus am Arm fest. »Mach das nicht!«

Doch der Obertheoretiker schien fest entschlossen, diesen einen Klick, diesen entscheidenden Klick auf seinem Smartphone machen zu wollen. Mit aller Macht versuchte er, sich von Roman loszureißen, sodass schließlich auch Albert ihm in den Arm fallen musste. Selbst zwei Gegner würden ihn nicht auf Dauer daran hindern können zu tun, was er vorhatte: alles zu löschen.

Knut konnte diese Rangelei nicht länger untätig mit ansehen. Geschickt umrundete er das Knäuel, das sich auf seinem Piratenteppich kloppte, und kam hinter Linus zu stehen. Der Rest war ein Klacks. Er musste nur kurz unter Linus' Arme greifen, eine kleine Kitzelbewegung und – schwupps – hatte der sein Smartphone fallen lassen. Knut griff zu, schaltete auf Standby und verstaute es erst mal sicher in seiner Hosentasche. Manchmal war es schon hilfreich, wenn man die Schwachstellen seiner Freunde genau kannte!

»Gib das wieder her!«, knurrte Linus. Sein Zorn war immer noch nicht verraucht. Keuchend saßen sie auf Knuts Piratenteppich, während Knut versuchte, Linus zu beruhigen: »Du hast doch schon so viel Mühe in den Kanal gesteckt. Wäre doch schade, wenn das umsonst war.«

Aber ihr Anführer, der diesen ganzen Freitagnachmittag schon deprimiert rumgehangen war, schüttelte den Kopf: »Alba wird mich verpfeifen, dass ich noch keine 13 und nicht alt genug für Youtube bin, und dann ist sowieso Schluss.«

»Einen Dreck wird sie. Weil ich sonst bei unseren Eltern petze, dass sie Mist auf Youtube treibt!«, rief Albert dazwischen.

»Aber was hat es für einen Sinn, wenn sie ihre Klicks manipuliert?«, fragte Linus zurück. »Wo bleibt denn da der faire Wettbewerb? Wie wollen wir uns da jemals durchsetzen?« Er seufzte. »Alba wird den Wettbewerb gewinnen. Sie wird unsere Gemeinde bei dem Austausch vertreten. Ausgerechnet diese Schulniete!«

»Noch ist nicht alles verloren. Du könntest doch eine Maschine bauen«, widersprach Knut und versuchte, möglichst optimistisch zu klingen, »eine Maschine, mit der du Klicks auf deiner Seite machst. So was geht doch bestimmt.«

»Das ist bestimmt illegal«, sagte Linus. Sein Seufzer war so tief, dass man meinte, er hätte ihn aus einem dunklen Dungeon hervorgeholt.

»Also ein wahrer Weltherrscher ...«, hob Knut an, aber Linus hatte ihn schon unterbrochen: »Nein, das hat keinen Zweck, ich werde mir etwas anderes ausdenken müssen. Ich lösche jetzt den Kanal!« Linus streckte die Hand zu Knut aus: »Gib mir mein Handy!«

»Nicht, wenn du den Kanal löschst!«

»Aber ...«

Roman unterbrach ihn: »Knut hat recht. Ein wahrer Weltherrscher lässt sich von ein paar kleinen Schwierigkeiten doch nicht aus der Bahn werfen. Ein echter Theoretiker gibt nicht auf. Er ersinnt einfach einen neuen Plan. Jedenfalls löscht er nicht in einer saudummen Kurzschlussreaktion sein ganzes Werk aus.«

»Ja genau!«, rief Knut so laut, dass Marie auf seinem Schoß erschreckt den Kopf reckte. »Was würde denn so ein *James-Bond-Schurke* jetzt machen?«

www.theoretikerclub.de/blog/chat
Linus, 20.10., 19:01
@Knut: Danke für die Anregung. In der Tat habe ich zur Recherche noch schnell *Man stirbt nur zweimal* angesehen. Ihr wisst schon, den *James Bond*-Film mit dem Schurken *Blofeld* und seiner Katze.
Genau der richtige Ausgangspunkt für eine neue Folge in meinem Youtube-Kanal »Der Masterplan für die Weltherrschaft«. Der neue Teil wird heißen »Eliminiere deine Feinde«.
Lasst euch überraschen!
Albert, 20.10., 19:40
Quatsch nicht so viel. Wie sieht der Plan aus? Oder hast du gar keinen?
Linus, 20.10., 19:45
Natürlich habe ich einen.

Aber ich werde euch nur in diejenigen Details einweihen, die euch unmittelbar betreffen. Der Rest verbleibt bei mir. So minimiere ich das Risiko: Ihr könnt nichts vermasseln, und sollten wir erwischt werden, dann werdet ihr nur für euren Teil verantwortlich gemacht werden. Ich trage den Rest des Risikos.

Roman, 20.10., 19:55

Und das hältst du für gut?

Albert, 20.10., 20:02

Kann ich wenigstens mal die Eckdaten erfahren? Was? Wann? Wo? Wer?

Linus, 20.10., 20:03

Was: Überraschungsvideo-Dreh.

Wann: Morgen, 15 UHR MEZ.

Wo: Bei mir. Ich habe am Nachmittag sturmfrei. Meine Eltern sind mit Mira bei so einem doofen Grundschulfest.

Wer: Alle Theoretiker. Mit Knut.

Knut, 20.10., 20:05

Kann leider nicht. Tut mir leid. Muss auch zum Herbstfest in die Grundschule. Anwesenheitspflicht. Wir führen so ein peinliches Stück auf. Mira ist auch dabei.

Linus, 20.10., 20:15

Okay, erste Planänderung. Ohne Knut.

Ich brauche morgen, bevor ihr geht, mal kurz dein Tablet. Geht das?

Knut, 20.10., 20:17

Geht klar. Verrätst du mir, warum du es brauchst?

Linus, 20.10., 20:19

Wie ich bereits sagte: Wer ein wahrer Weltherrscher werden

will, quasselt nicht lang rum und verrät seine Pläne. Es ist von entscheidender Bedeutung, dass der Feind immer im Dunkeln tappt.

Albert, 20.10., 20:22

Dann halt aber auch die Klappe. Jetzt und hier.

Knut, 20.10., 21:05

Knut hat ein Video gesendet

Knut, 20.10., 21:30

Na, will keiner was zu meinem Video sagen? Ist Marie nicht süß? Also, ich find's ja genial …

www.theoretikerclub.de/blog/dokumentation

Beitrag von Linus, 20.10., 23:01

Drehbuch »Der Masterplan für die Weltherrschaft –
Teil 5: Eliminiere deine Feinde«

Requisiten: Flipchart, *Risiko*-Spiel, *Lucky-Luke*-Hefte, Tyrannen-Quartett, Diktatorenbart, Handspiegel, Mitspieler Roman und Albert, Seil, Tücher, Pistole, Bleichmittel, Faschingsschminke

Ausstattung: Kamera, PC

Trailer

»Willkommen, meine guten Freunde der Weltherrschaft. Nicht willkommen – alle meine Feinde. Ihr habt in meiner Welt nichts zu suchen. Basta. Meine lieben Weltherrschafts-schüler, merkt euch dies: Es werden euch auf dem Weg nach oben unzählige Widersacher das Leben schwer machen. Es gibt also nur

eine Methode, um sich dieses Problems vernünftig zu entledigen: Eliminiere deine Feinde. Schnell. Gründlich. Rücksichtslos.«

((Ich schlage mit der Faust auf den Tisch.))

»Denn auch sie kennen keine Gnade, wenn sie dich besiegen können. Sie werden deine kleinsten Schwächen suchen und auszunutzen wissen. Deswegen gibt es im Umgang mit Feinden nur eine Devise: Du musst schneller ziehen.«

((Die Kamera schwenkt auf das *Risiko*-Spielfeld vor mir. Ich ziehe meine Truppen schnell über das Feld, Albert und ich würfeln, Albert gewinnt, ich ziehe noch schneller, Albert zieht mit, ich schmeiße das Spielfeld um.))

»Das nämlich ist das einzige Geheimnis, warum erfahrene Superschurken wie die *Daltons* ihrem Gegner *Lucky Luke* nie beigekommen sind – allein wegen seiner Schnelligkeit.«

((Ich knalle ein paar *Lucky-Luke*-Hefte auf den Tisch.))

Ihr braucht euren Sieg nicht lange vorbereiten. Ihr braucht euch auf keine langwierigen Strategiepläne einzulassen, um eure Feinde zu vernichten. Ein echter, fähiger Weltherrscher würde niemals Anfängerfehler machen wie die Gegner von *James Bond*. *Goldfinger* und *Blofeld* und andere hätten durchaus das Zeug gehabt, den Superagenten zu stoppen. Aber sie scheiterten immer wieder an ihren eigenen Eitelkeiten.«

((Ich habe den Diktatorenbart angezogen und betrachte mich selbstverliebt im Handspiegel.))

»Die gesamte Weltherrscherforschung hat diese Theorie bewiesen: Nur weil die Superschurken zu lange über ihre Pläne redeten, konnten sich ihre Gegner befreien und den Spieß umdrehen. Daraus folgt: Nicht reden, gleich meucheln.«

((Hier können wir die Szene aus Video 4 wieder verwerten, bei der Knut dem Osterhasen den Kopf abschlägt. Geräusche-App »Tusch«))

»Deswegen, meine lieben Freunde der Weltherrschaft, habe ich mich entschlossen, unseren kleinen Kurs heute ein wenig anders zu gestalten als ihr das von mir gewohnt seid. Bisher haben wir uns ja mehr theoretisch mit der Weltherrschaftslehre auseinandergesetzt, nun wollen wir das Ganze einmal praktisch angehen.

Heute zeige ich euch in einer ganz praktischen Lektion, wie ich verfahre in Sachen ›Eliminiere deine Feinde!‹«

((Ende des Skripts, Anfang des improvisierten Teils))

Es war Samstag, Showdown-Samstag. Knut hatte eine mulmige Vorahnung, nachdem er Linus' neues Drehbuch gelesen hatte. Selten hatte er seinen Freund so grimmig entschlossen erlebt, selten so unversöhnlich.

Was konnte er mit einer praktischen Lektion in Sachen »Eliminiere deine Feinde« wohl gemeint haben? Ganz klar: Alba war Linus' wichtigster Feind geworden.

Thomas und Konsorten waren in Linus' Augen nicht mehr als Albas Handlanger und »Klick-Sklaven«. Weiß der Himmel, was Alba ihnen versprochen hatte, aber die beiden Obersportler mussten sie neulich beim Nachsitzen tatsächlich verteidigt haben wie professionelle Bodyguards, wenn man Linus' Erzählungen Glauben schenken durfte.

Dabei hatte Alba die ganze Aktion penibel auf ihrem Handy festgehalten. Jeden Fußtritt, jedes Drohen, jedes Schubsen. Auch als sie Linus' Brille mit einem Tafelschwamm »säuberten«, hielt Alba mit der Kamera drauf. Und als sie das bei Roman, der ihm helfen wollte, auch taten, filmte Alba auch das. Ebenso wie Albert, der aufspringen wollte, aber sofort über seine langen Beine stolperte und der Länge nach auf den Boden des Computerraums hinbretterte. Jeden Fehltritt, jede peinliche Situation der Theoretiker hatte Alba festgehalten und für ihren Kanal »How to trick your brother« zusammengeschnitten. Knut hatte erst an diesem Morgen den neuesten Schmähfilm gesehen.

Dieses Mal hatte sie nicht nur ihren Bruder, sondern auch die beiden anderen Theoretiker Linus und Roman in Szene gesetzt. Und sie hatte auf verfremdende schwarze Balken über den Augen ganz verzichtet, vermutlich weil man die Aktion mit dem Brilleputzen sonst nicht richtig gesehen hätte. So war dann auch Linus in der nächsten Szene nicht mehr zu verwechseln, als ihm Thomas den nassen Tafelschwamm über seinem Kopf ausdrückte. Ein rosabraunes Rinnsal floss ihm die Stirn herunter. Die letzte Einblendung in Albas Video war wieder einmal einer ihrer blöden Sprüche: »Wenn selbst die besten Freunde nicht den Durchblick haben ...«

Trotz dieser miesen Aktion blieb Linus dabei, dass Thomas für ihn nichts weiter sei als Albas neuer Handlanger. Knut beunruhigte das. Auch ihm war Thomas' plötzliche Hilfsbereitschaft gegenüber Alba aufgefallen. Hatte er etwa ein Auge auf sie geworfen? Wenn ja, dann verhieß das nichts Gutes.

Aber am meisten nervös machte es Knut, dass er nicht wusste, was Linus mit Alba vorhatte. Immer wenn Linus Pläne schmiedete, waren diese glorreich, genial und grandios. Auf dem Papier. In der Praxis hatte Knut ihn oft genug herauspauken müssen. Und was ihm diesmal ein besonders mulmiges Gefühl bereitete: Knut war machtlos. Völlig machtlos. Weil er zu dieser albernen Schulparty musste. Er sollte bei der »Konferenz der Tiere« heute ein belämmertes Schaf spielen. In einem lächerlichen weißen Wollknödelkostüm, das er im Werkunterricht hatte basteln müssen! Grauenhaft peinlich. Und er würde seinem Freund Linus nicht helfen können.

Als Knut kurz vor knapp, nur eine Viertelstunde, bevor er mit Birgit aufbrechen musste, mit seinem Tablet bei Linus aufschlug, begleitete ihn die Vorahnung wie ein schwerer Stein in der Magengrube.

Die Theoretiker waren im Garten. Linus redete auf Albert ein, der empört die Hände in die Hüften stemmte.

»... willst du wirklich den Frauen das Feld überlassen? Deiner Schwester die Weltherrschaft gönnen? Deiner Schwester, die fiese Videos über dich verbreitet?«

»Aber genau das wird sie tun, sie wird alles verbreiten – wenn sie erst einmal Bilder von mir DARIN hat. Hundertpro«, protestierte Albert.

Jetzt erst sah Knut, was Linus in der Hand hielt – es waren das Hundekostüm und die Känguru-Ohren. Offensichtlich wollte Linus, dass Albert das anzog.

»Ah, Knut«, rief Linus, als er seinen Freund bemerkte, »sehr gut, du bringst das Tablet?«

»Ja …«, antwortete Knut zögerlich und schloss die bange Frage an: »Und … äh … was hast du damit vor?«

»Er will, dass ich DAS da anziehe!« Albert machte einen Wink zu dem Kostüm hin. »Und dann will er mit deinem Tablet Fotos machen!«

»Für deine nächste Lektion Weltherrschaft?«, fragte Knut.

»Nein«, übernahm wieder Albert. »Er will die Bilder an Alba schicken! Mit deinem Pad!«

»Mit meinem Pad? Spinnst du?«

»Natürlich nicht, mein kleiner Theoretiker zur Ausbildung«, sagte Linus, und sein gespielt geduldiger Ton machte Knut wütend, »das geschieht nach meinem Plan. Das alles geschieht im Streben nach der Weltherrschaft.«

»Hatten wir das nicht schon?«, versuchte Roman einzuwenden. »Keine entwürdigenden Verkleidungen mehr für deine Assistenten?«

»Nur einmal noch, meine Freunde. Einmal. Wir werden ein, zwei, vielleicht auch drei oder vier Bilder von Albert im Kostüm machen. Die schicken wir an Alba. Das muss aussehen wie ein Versehen – deshalb brauche ich dein Tablet, Knut. Wir reizen direkt ihren Bosheitsreflex – verstehst du? Sie wird natürlich glauben, dass sie hier mehr von diesen lustigen Bildern aufnehmen kann. Dass hier Material für jede Menge neuer Videos auf sie wartet. Sie wird kommen. Und dann tappt sie direkt in unsere Falle! Dann haben wir sie da, wo wir sie haben wollen – hier!«

Sprachlos stand Knut da. Der Stein in seinem Bauch schien polternde Purzelbäume zu machen. Ihm war regelrecht schlecht. Doch Linus ließ sich nicht beirren. Er hielt Albert die Beine des Hundekostüms auf, damit dieser hineinstieg. Nie! Nie im Leben hätte Knut das getan. Aber Albert – der unabhängige, vernunftbegabte Albert! –, genau der stieg in das Kostüm, als hätte ihn irgendjemand hypnotisiert. Sogar die Ohren ließ er sich ohne Widerstand aufsetzen. Nur eine Bedingung hatte er gestellt: Er wollte außerdem noch Linus' dichten Diktatorenbart dazu tragen.

Dann ging es sehr flott: In nur zwei Einstellungen hatten sie mehrere Fotos aufgenommen. Schnell war klar, welches sie nehmen mussten: Albert, dem die Ohren verrutschten und der ängstlich nach oben schielte. Das machte das lächerliche Outfit gleich noch ein bisschen lächerlicher.

WhatsApp-Nachricht an Alba Langhans
Samstag

Knut Jenssen
hat ein Bild verschickt.   14:44

Knut Jenssen
Hey Roman, Albert und ich sind schon bei Linus.
Das Kostüm kommt super.   14:45

Knut Jenssen

Alba? Sorry. Das war gar
nicht für dich gedacht.
Das sollte an Roman gehen. Kannst du das Foto bei
dir einfach löschen?
Viele Grüße
Knut

14:46

»So!« Linus drosch mit Schwung auf die Enter-Taste. »Die Falle ist aufgestellt. Jetzt müssen wir nur noch warten, bis sie kommt.«

Irgendwas musste Linus gemacht haben, denn Knut hatte das alles geschehen lassen wie ein hypnotisiertes Schaf. Nicht mal blöken und protestieren konnte er. Denn gerade als er Luft holen wollte, lugte schon seine Mama Birgit durch Linus' Herbsthecke.

»Hey, Knutschi, auf geht's zu deinem großen Auftritt! Komm, schwing dich aufs Rad. Wir müssen los. Du willst doch nicht zu spät kommen?« Um ihrem Sohn Beine zu machen, betätigte sie dreimal ihre Fahrradklingel.

Widerstrebend riss Knut sich los. Der Stein in seinem Bauch war so schwer geworden, dass er ihn nicht nur am Handeln, sondern auch am Gehen zu hindern schien.

Was für eine Falle mochte Linus geplant haben? Immerhin, sein Tablet hatte Knut wieder. Zur Not würde er Alba einfach noch eine Nachricht schicken. Nur was sollte er schreiben?

Knut Jenssen

Hey, du hast es mit deinen Videos übertrieben und das letzte, das mit Linus und Roman, ist #obermist-kacke. Du hast sie mit vollem Gesicht gezeigt. Geht's noch? Aber ich will dich nicht reinreiten. Geh nicht in Linus' Garten. Wir können später reden. Bei mir. Wollen wir die Challenge nicht ganz abblasen? Welt-frieden statt Weltherrschaft? *Noch nicht gesendet*

Kapitel 14

#insnetzgegangen

Das Fest auf dem Schulhof war voll im Gange, als Knut eintraf. In weiter Ferne entdeckte er Linus' Eltern und dessen kleine Schwester Mira. Die Schulband mühte sich an Gitarre, Bass und Schlagzeug, am Kuchenstand hatte sich schon eine lange Schlange gebildet. Ehe er sichs versah, wurden er und Birgit getrennt. Der Bürgermeister, der in der ersten Bierbankreihe saß, war bei ihrem Anblick aufgesprungen und ihr entgegengelaufen.

»Frau Jenssen, ich hatte gehofft, Sie hier zu sehen ...«, rief er mit so dröhnender Stimme, dass mehrere Umstehende ihre Köpfe wenden mussten. Knut verdrehte die Augen, aber Birgit drückte ihm nur das weiße Wollknödel-Kostüm in die Hand und ging zum Bürgermeister.

Mit Erschrecken sah Knut, dass der Bürgermeister nicht allein gekommen war. Er hatte Thomas mitgebracht. Oh Schande. Was, wenn der ihn in dem peinlichen Kostüm entdeckte? Wenn er wo-

möglich noch peinliche Fotos schoss? Kurzerhand beschloss Knut, dass er sich das Gesicht zur Tarnung kreideweiß schminken würde. Vielleicht blieb er so auf der Bühne unerkannt.

Wenigstens war sein Auftritt nur kurz und ziemlich am Anfang des Stückes. Er brachte ihn mit so viel Würde hinter sich, wie ein Wollschaf es nur konnte. »Ich bin auch dafür«, mähte er im richtigen Moment und dann war sein Part erledigt. Nur zum großen Finale und zum Verbeugen würde er noch einmal auf die Bühne müssen.

Hinter der Bühne stürzte er sofort zu seinem Tablet.

www.theoretikerclub.de/blog/chat
Knut, 21.10., 15:31
Was ist passiert?
Albert, 21.10., 15:35
Albert hat ein Video gesendet
Knut, 21.10., 15:38
Was ist denn das für ein Netz über Alba?
Albert, 21.10., 15:39
Das ist ein Vogelnetz für die Weintrauben. Wir haben sie gefangen! Das Miststück ist uns buchstäblich ins Netz gegangen.

Knut spielte das Video noch einmal ab: Tatsächlich, Alba strampelte in dem Netz wie ein gefangener Vogel. Ihre langen blonden Haare hatten sich verfangen, und es schien, dass sie sich jedes Mal, wenn Alba sich bewegte, noch weiter verhedderten. In ihren grünen Augen meinte Knut einen leichten Anflug von Panik zu erkennen. Sie waren weit aufgerissen. Mit einem Mal war der vorahnende Klumpen in seinem Bauch noch schwerer geworden. Ihm war speiübel. Kurz lupfte er den Vorhang, um zu sehen, wie weit das Stück inzwischen vorangeschritten war. Ein bisschen Zeit bis zum Finale blieb noch …

www.theoretikerclub.de/blog/chat
Knut, 21.10., 15:44
@Linus, was hast du vor? Mach keinen Scheiß!
Albert, 21.10., 15:48
Albert hat ein Video gesendet

Wie das Video zeigte, waren die Theoretiker immer noch im Garten von Linus. Das Netz, in dem sich Alba zuvor verfangen hatte, war verschwunden. Dafür saß sie auf einem weißen Plastikstuhl, die Mähne arg zerzaust. Es sah so aus, als wären ihre Arme hinter der Rückenlehne gefesselt. Verbissen warf sie sich auf ihrem Stuhl hin und her.

Linus sprach in die Kamera: »Nun, meine lieben Freunde der Weltherrschaft, willkommen bei unserer praktischen Übung zur Lektion ›Eliminiere deine Feinde‹.

Wie vielleicht einige unter euch Zuschauern wissen, pflege ich eine innige Feindschaft zu der Schwester meines Freundes. Einigen dürfte ebenso bekannt sein, dass diese einen Videokanal über ihren Bruder betreibt«, Linus zog Albert kurz ins Bild, »... einen, der auf dem hinterhältigen Element der Schadenfreude beruht. Auch ich bin ihr Opfer geworden. Eine schändliche Sache, meine Freunde. Denn ein wahrer Weltherrscher kann es sich nicht erlauben, der Lächerlichkeit preisgegeben zu werden. Humor ist eine der stärksten Waffen des Volks und hat schon zu wahren Aufständen geführt. Deswegen können wir das nicht durchgehen lassen.« Linus ging um Alba herum und legte ihr schwer die Hände auf die Schultern. »Wir müssen ein Exempel statuieren.«

Hier brach das Video ab.

www.theoretikerclub.de/blog/chat
Knut, 21.10., 15:53
Linus! Hör auf damit. Tu ihr nicht weh.
Linus, 21.10., 15:54
Hab ich nicht vor. Ich werde nur den Spieß umdrehen. Erinnerst du dich an eine der wichtigsten Regeln für Youtube-Stars? Mache andere, erfolgreiche Youtube-Stars lächerlich. Genau das tue ich jetzt.
Knut, 21.10., 15:55
@Roman: Kannst du ihn nicht zur Vernunft bringen? Er kann ihr doch nicht wehtun!
Roman, 21.10., 15:58
Hab ich schon versucht. Es ist zwecklos.

Knut konnte darauf nicht mehr antworten, denn ein weiteres Schaf aus seiner Theatergruppe hatte ihn beim Arm gepackt und auf die Bühne gezerrt. Das große Finale stand an. Doch Knut konnte sich nun gar nicht mehr auf seine Rolle konzentrieren. Er fühlte sich wie der Wolf bei den jungen Geißlein – als wären tausend Wackersteine in seinem Bauch eingenäht, die ihn zu Boden zogen. Zum Glück musste er nur ein paar Sätze im Chor sprechen, da fiel es nicht auf, wenn er sich dabei verstohlen seinen Wanst hielt.

Und dann war es auch schon vorüber. Die begeisterten Eltern klatschten frenetisch (Knuts Mutter Birgit warf sogar Kusshändchen, was Knut ein bisschen befremdet bemerkte). Die Kinder verbeugten sich artig und nach zehnmal Vortreten in allerlei Konstellationen war der Spuk vorbei. Einer zumindest. Knut konnte sich wichtigeren Dingen zuwenden – dem Blog.

www.theoretikerclub.de/blog/chat
Albert, 21.10., 16:01
Albert hat ein Video gesendet

Mit steinbrockenschwerer Vorahnung klickte Knut auf Play. Immer noch trug er sein albernes Kostüm, weil er in der Aufregung ganz vergessen hatte, es auszuziehen. Und er schwitzte wie ein Schaf im Winterpelz, die weiße Schminke lief ihm schon an den Ohren herab. Hoffentlich würde Thomas ihn nicht erkennen, dachte Knut noch.

Thomas?

Wie ein Blitz durchzuckte ihn eine Erkenntnis. Thomas!

Ohne sich mit seinen Theaterkollegen gebührend abzuklatschen,

ohne auch nur einmal bei den Belohnungs-Gummibärchen zuzu-
greifen, hastete Knut davon. Er musste den Bürgermeister finden.
Sofort. Da war bestimmt auch Thomas!

Ja, da war er! Der Bürgermeister quatschte schon wieder Birgit
voll. Verdammt, wo war Papa Stefan? Der hatte doch noch rechtzeitig nachkommen wollen. Seine Mutter sprach mit ungewöhnlich
hoher Stimme und kicherte die ganze Zeit. Grässlich! Knut wollte
sich fast schon wieder für seine Mutter schämen, schob das aber
schnell beiseite. Jetzt brauchte er Thomas und niemand anderen.

»Schnell, du musst mir helfen!«

Thomas musterte ihn erstaunt. Erst jetzt schien er wirklich zu
merken, wen er da vor sich hatte.

»Bei was?«, fragte er überheblich und musterte das verkleidete
Schaf amüsiert. »Soll ich dir vielleicht den Reißverschluss aufmachen? Kannst du dich nicht selber ausziehen, du Pimpf?«

»Quatsch«, sagte Knut und wischte sich einmal mit der Hand
übers Gesicht. Jede Menge weiße Schminke blieb daran hängen.
»Alba. Es geht um Alba. Sie ist in Gefahr!«

So schnell konnte Knut gar nicht gucken, wie Thomas von arrogant auf alarmiert umschaltete.

»Was ist mit ihr?«

»Sie haben sie entführt.«

»Wer?«

»Linus und so.«

Überrascht kniff Thomas die Augen zusammen.

»Und warum erzählst du mir das? Ich
dachte, die Herren Theoretiker
sind deine Freunde?«

»Sind sie auch, aber gerade habe ich Angst, dass sie Bockmist bauen.«

So ganz war Thomas immer noch nicht überzeugt. Knut musste also zu drastischeren Mitteln greifen. »Hier, schau es dir an.«

Damit klickte er auf das allerneueste Video, das Linus ihm geschickt hatte.

»Meine Freunde der Weltherrschaft!«, hörte man Linus dozieren. »Sollte sich euer Feind nicht gleich ergeben, dann müsst ihr zu härteren Mitteln greifen!«

Sehen konnte man ihn nicht. Dafür fixierte die Kamera Alba, die immer noch gefesselt auf dem weißen Gartenstuhl saß und die Augen verdrehte. Der spöttische Gesichtsausdruck wich auch dann nicht, als Linus ihr eine Waffe an den Kopf hielt.

»Was soll das, du Knallkopf?«, fragte sie. Linus, dessen Kopf nun zu sehen war, drückte ab. Ein heiseres Geräusch war zu hören.

Alba drehte sich zu Linus. »Was ist? Hast du nicht mal eine gescheite Attrappe von einer Pistole zu Hause? Nur so Weltraumscheiß?«

»Das ist kein Weltraumscheiß!«, protestierte Linus. »Das ist ein Phaser von *Raumschiff Enterprise*! Der kann betäuben oder töten und kostet über 60 Euro!«

»Er funktioniert aber nicht«, gab Alba zurück. »Der macht mir keine Angst.«

»Dann«, und Linus blickte dabei wieder in die Kamera, »müssen wir bei der Bekämpfung unserer Feinde eben zu härteren Maßnahmen greifen. An dieser Stelle empfiehlt es sich, meine lieben Weltherrscher zur Ausbildung, ein teuflisches Lachen einzuflechten. Das erhöht die Spannung und unterstreicht die Drohgebärde ...«

Während seines Vortrags hob Linus etwas ins Blickfeld der Zuschauer: ein Faschings-Schminkset »Schweinchen« und eine Flasche, auf der man lesen konnte: »Blondierung. Extrastark. Hellt um mindestens drei Farbnuancen auf.«

Das genügte. Mehr musste Thomas von dem Video nicht sehen. »Wir fahren.« Mit Schwung wandte er sich an seinen Vater, Bürgermeister Breitstetter: »Entschuldige, aber ich muss gehen. Etwas Wichtiges ...«

Auch Knut machte eine Geste zu Mama Birgit, die gerade ihren Mann begrüßte. »Hey, Kleiner, wie war's? Hab leider deinen großen Auftritt verpasst, aber du musst mir alles haarklein erzählen, ja ...?«, fing Papa Stefan an.

NEIN, jetzt nicht!

»Erzähl ich dir später«, rief Knut deshalb, schon halb im Gehen, »wir müssen. Ein Notfall.«

Und schon hatte er sich sein Tablet unter die weißen Wollknödel geschoben, hechtete Thomas zu den Fahrradständern hinterher und ließ die verdutzten Eltern samt Bürgermeister einfach so stehen.

Eigentlich hätte Knut sich gern vorher noch des peinlichen Schafkostüms entledigt, aber Thomas hatte sich bereits so flott aufs Rad geschwungen, dass Knut sowieso nur knapp mithalten konnte. In wildem Ritt rasten sie durch die Straßen. Der sportliche Thomas, der scheinbar mühelos in den Pedalen stand, und das kleine weiße Knödelschaf im Turbogang auf seinem Kinderfahrrad hinterdrein. Wenigstens musste Knut so strampeln, dass er die vielen erstaunten Blicke, die er und Thomas bei der Fahrt ernteten, nicht mehr so recht wahrnehmen konnte.

Vor Linus' Haus schmissen sie die Räder auf den Boden und stürmten in den Garten.

Der Anblick, der sich ihnen bot, war erschütternd. Alba hüpfte wütend auf dem Gartenstuhl auf und ab, an den sie gefesselt war. Ihr Gesicht war wie ein Schweinchen geschminkt. Zumindest sollte es wohl ein Schweinchen werden. Wenn man nach der unregelmäßigen rosa Grundierung und den vielen schwarzen Strichen ging, die kreuz und quer in ihrem Gesicht verteilt waren, musste sie sich ziemlich stark gewehrt haben.

Mit dem Blondierfläschchen im Anschlag hüpfte Linus vor ihr auf und ab, während Albert mit der Kamera voll auf das Opfer hielt. Das schimpfte Zeter und Mordio: »Nicht mal eigene Einfälle habt ihr Meister! Was ist denn das für eine lausige Vorstellung!« Wie ein Berserker zappelte sie auf ihrem Stuhl, der gehörig hin und her schwankte.

Gerade als Linus sich die Plastikhandschuhe fürs Blondieren übergestreift hatte (was ihn mit seinem aufgesetzten teuflischen Lachen tatsächlich ein bisschen wirken ließ wie einen durchgeknallten Wissenschaftler) und er das Fläschchen aufgeschraubt hatte, gab es einen großen Rums. Alba war mitsamt ihrem Sitz umgekippt. Genau auf die Füße von Roman, der laut aufjaulte. Das war der Startschuss für Knut und Thomas.

Thomas schubste Linus von Alba weg, sodass die Flasche in hohem Bogen in der Hecke landete. Dann stürzte er sich auf Albert. Mit einem kleinen Handgriff und einer halben Drehung hatte er ihm das Handy, mit dem Albert filmte, entwunden und schaltete es aus. Der Theoretiker war so verdattert, dass er nicht einmal protestieren konnte. Knut hingegen eilte zu Alba und band sie los. Atemlos setzte sie sich auf: »Ihr Mistkerle. Drei Männer gegen eine wehrlose Frau! Dass ihr euch nicht schämt!«

Roman, der seinen Schuh ausgezogen hatte und sich die schmerzenden Zehen rieb, begutachtete seinen Fuß. »Wehrlos?«, fragte er spöttisch.

»Man wird sich ja wohl noch wehren dürfen!«, schimpfte Alba. »Oder sieht das eure Theorie nicht vor?«

Das konnte Linus nicht auf sich sitzen lassen. Er hatte das Blondierfläschchen vergeblich in der Hecke gesucht und zupfte nun seine Handschuhe von den Fingern. »Was weißt du schon von Theorie!«, stieß er hervor.

»Stopp!«, rief Knut und stellte sich zwischen Linus und Alba. Dann ergriff er das Wort: »*Wir* haben nicht angefangen mit diesem Schweinchenschminken und Blondierzeugs. Das wart ja wohl immer noch ihr. Und wenn man es so sieht, haben *Albert und Linus* sich nur gewehrt.«

»Ihr hättet es aber nicht so übertreiben müssen«, zischte Alba und rieb sich ihre Handgelenke.

»Dito!«, mischte sich Albert ein. »Du hättest vorher auch nicht so gnadenlos übertreiben dürfen.«

Alba, die zerzaust und rosa verschmiert vor ihnen auf der Erde saß, wirkte mit einem Mal ganz anders. Abgekämpft und müde. Sehr, sehr müde. Als hätte jemand den Stöpsel gezogen und die ganze Luft aus dem rosa Schweinchen herausgelassen.

Sie seufzte: »Ja, das habe ich mittlerweile auch kapiert, du Idiot.«

Huch, mit so viel Ehrlichkeit hatte Knut in diesem Moment gar nicht gerechnet. Auch die Theoretiker waren offensichtlich so verblüfft, dass sie erst mal kein Wort herausbrachten.

»Und nun?«, fragte schließlich Knut mit heiserer Kehle. Er half Alba aufzustehen.

»Nun legen wir fest, wer Sieger ist«, sagte Linus. »Ein für alle Mal.«

»Einverstanden«, sagte Thomas.

»Einverstanden«, sagte Alba. »Kann ich mal kurz zu euch rein – das da abwaschen?« Sie zeigte auf ihr Gesicht.

Linus nickte und führte sie ins Haus.

»Äh ... ich auch?«, fragte Knut, deutete auf sein weißes Gesicht und machte Anstalten hinterherzustapfen. Auch Albert und Roman setzten sich in Bewegung, Thomas ebenso: »Wartet auf mich ...«

Doch Linus schlug, nachdem er Alba hineingelassen hatte, allen anderen die Tür vor der Nase zu: »Das machen Alba und ich unter uns aus!«

»He!« Das war überhaupt nicht nach Thomas' Geschmack. »Ich habe hier auch noch ein Wort mitzureden. Auch ich habe ein Recht auf den Pokal!!!« Er wummerte gegen die Haustür und hörte auch nicht damit auf, als Linus noch einmal sein Zimmerfenster im ersten Stock öffnete und zu ihm runterrief: »Verlierer müssen leider draußen bleiben! Das ist jetzt nur noch eine Stichwahl zwischen Alba und mir!«

Als ob Thomas sich von einer solchen Bemerkung aufhalten ließe! Jetzt ging er endgültig in die Luft, klingelte Sturm, wummerte weiter gegen die Tür und brüllte in Stadionlautstärke herum. Doch ohne Erfolg. Linus ließ sich nicht mehr blicken. Schließlich gab Thomas auf und verzog sich.

www.theoretikerclub.de/blog/chat

Roman, 21.10., 17:04

Kuckuck, Linus?

Albert, 21.10., 17:05

Linus?

Roman, 21.10., 17:06

Wir stehen immer noch vor der Tür. Hören dich und Alba streiten. Seid ihr euch immer noch nicht einig?

Knut, 21.10., 17:08

Braucht ihr einen Schiedsrichter? Ich könnte reinkommen.

Linus, 21.10., 17:15

Kein Schiedsrichter. Mann gegen Mann.

Alba kann ja ganz schön zäh sein. Erkennt geistige Überlegenheit nicht einmal dann, wenn sie direkt davorsteht. Will nicht einsehen, dass ich gewonnen habe. Dabei hat *sie* doch betrogen.

Linus, 21.10., 17:17

Jetzt sagt sie doch glatt, wir hätten auch betrogen, weil wir sie und Thomas verpetzt hätten. #ichverstehdieweltnichtmehr

Albert, 21.10. 17:18

@Linus: Alba ist zäh? Ach was!?!

Knut, 21.10., 17:19

Vorsicht. Thomas kommt zurück.

Mit Moritz und Jonathan im Schlepptau. Und einer Leiter.
#nichtdasfensteraufmachen
Roman, 21.10., 17:20
#wannwolltendeineelternzurückkommen?

Grölend kamen Thomas und seine zwei Helfer durch die Straße gezogen. Rhythmisch schlugen sie auf die Metallleiter, die sie mitgebracht hatten. Sie hatten Schwimmnudel-Prügel dabei und zwei Eimer, in denen etwas verdächtig wabbelte. Das sah verdammt nach ...

Platsch, da wurde Knut schon von der ersten Wasserbombe getroffen. Platsch, da hatte auch Albert das erste Geschoss erwischt – mal wieder im Schritt. Als Nächstes knallte Thomas ein Geschoss mit Wucht gegen Linus' Fenster.

»Mach auf, du Witzfigur, oder wir setzen hier alles unter Wasser!«

»Mist«, fluchte Roman und duckte sich unter einem wassergefüllten Miniballon weg, der zwei Meter weiter mit Riesenplatsch aufkam. »Das wird die reinste Straßenschlacht.«

»Wir brauchen Waffen!«, zischte Albert und setzte mit seinen Siebenmeilenschritten zur Flucht an. Roman stolperte hinterher. Nur Knut blieb so lange noch unschlüssig stehen, bis ihn zwei Treffer erwischten. Dann trollte er sich auch. Aber nur um die Ecke, um sein Tablet aus dem Hosenbund zu ziehen und zu tippen:

www.theoretikerclub.de/blog/chat
Knut, 21.10., 17:25
@Linus: Halt durch. Ich hole Hilfe.

200

WhatsApp-Nachricht an Birgit Jenssen
Samstag

Knut Jenssen
Birgit, kannst du kommen? Ganz schnell? Wir brauchen dich hier. Bring Stefan und DEN BÜRGERMEISTER mit! 17:26

WhatsApp-Nachricht an Flora Senft

Knut Jenssen
Alba steckt in Schwierigkeiten. Komm SOFORT zu Linus. Bring LYNN mit. 17:27

Birgit traf keine zehn Minuten später ein. Die Schlacht hatte da bereits ihren verhängnisvollen Lauf genommen. Albert und Roman hatten Wasserpistolen befüllt und zielten verzweifelt auf ihre Gegner. Momentan sah es aber mehr danach aus, als wären sie ein paarmal zu oft abgeschossen worden. Die beiden Theoretiker waren bereits völlig durchnässt.

Knut hatte hinter einer Hecke Deckung bezogen, war aber auch nicht verschont geblieben. Moritz und Jonathan hielten lauernd Stellung, während Thomas die Leiter an Linus' Haus gelehnt

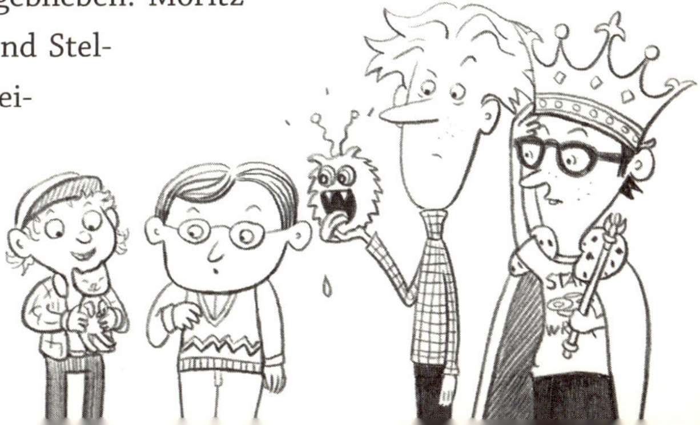

hatte, hochgeklettert war und von außen gegen das Zimmerfenster von Linus hämmerte. Mit ziemlicher Wucht, sodass er auf der Leiter bedenklich schwankte. Hätte sich Knut deswegen nicht aus der Deckung wagen müssen, wäre er am liebsten zur Leiter gelaufen und hätte sie festgehalten, so gefährlich sah das aus.

Wie bestellt waren jetzt auch Flora und Lynn aufgetaucht. Aber auch zwei Frauen auf dem Schlachtfeld konnten die Vandalen nicht stoppen. Knut hatte umsonst gehofft, dass sie etwas bewirken würden. Lynn und Flora wurden von Jonathan und Moritz sofort gnadenlos unter Beschuss genommen.

»Hört sofort auf mit dem Scheiß, sonst nehmen wir euch die Leiter weg!«, drohte Lynn erbost, bekam aber nur eine weitere Ladung Wasser ab. Flora wurde von Jonathan sogar mitten ins Gesicht getroffen. Was endgültig das Fass zum Überlaufen brachte.

Hinter seiner Hecke musste Knut hilflos mitansehen, wie die erzürnten Mädchen wie wild an der Leiter rüttelten.

»Aufhören! Das ist gefährlich!«, riefen Thomas von oben und Knut aus seinem Versteck beinahe zeitgleich. Doch Thomas' Schergen gingen nicht auf die Warnung ein, sondern verstärkten stattdessen ihr Bombardement. Flora wurde von einem weiteren Treffer mitten auf die süße Schneewittchennase erwischt. Keine gute Idee. Sogleich bildete sich eine tiefe Wutfurche auf ihrer Stirn.

Thomas konnte sich gerade noch rechtzeitig an der Fensterbank festkrallen, da hatten Flora und Lynn ihm schon die Leiter weggezogen und rannten damit weg.

Waren die völlig von Sinnen? Thomas baumelte jetzt ohne Stütze am Fensterbrett des ersten Stocks. Vier Meter unter ihm der blanke Asphalt und das Kellergitter aus Stahl. Er brüllte wie am Spieß.

»Kommt zurück! Ich brauch die Leiter! Ihr Arschlöcher…!!« Seine Stimme klang vor lauter Panik ungewohnt hoch und ängstlich.

Oben standen Linus und Alba hinter dem Fenster. Linus und sie wummerten von innen gegen die Scheibe.

Knut sprang hinter der Hecke hervor, als in diesem Augenblick endlich, endlich auch Mama Birgit angebraust kam. Sie fuhr mit lautem Fahrradklingelgeläut vor, das sofort erstarb, als sie Thomas am Fensterbrett pendeln sah. »Himmel!«, schrie sie. »Der bricht sich sämtliche Knochen!«

Hinter Birgit bog Papa Stefan mit seinem bunt beklebten Bus in die Straße, dahinter der Bürgermeister in einem dicken schwarzen Jeep.

Später konnte Knut nicht mehr sagen, wie er auf die geniale Idee gekommen war. Die Eingebung musste vom Himmel auf ihn herabgeregnet sein wie der letzte Tropfen einer Wasserbombe. Auf jeden Fall hatte er den Hippie-Bus von Stefan gesehen, den baumelnden Thomas und irgendwie die beiden Dinge richtig miteinander verknüpft. Mit einem Satz sprang Knut zu Stefans Gefährt, riss die Beifahrertür auf, kletterte auf den Sitz und rief: »Nicht aussteigen, Stefan! Nicht aussteigen! Wir fahren unters Fenster!«

»Aber … nur … ein Gehweg …« Auf die Schnelle konnte Stefan keine richtigen Sätze bilden.

»Egal, das ist breit genug!«

Davon ließ sich Stefan überzeugen, legte den Gang ein, fuhr eine große Rechtskurve, bretterte mit Schwung über die Bordsteinkante und fuhr mit quietschenden Reifen unter Thomas und das Fenster. Dieser schien sofort begriffen zu haben, was Knut plante, denn nahezu zeitgleich mit Stefans Bremsung plumpste etwas Großes mit einem dumpfen Blechgeräusch aufs Dach. Knut schrie kurz auf. Neben ihm sackte Stefan in den Fahrersitz zurück.

»Puh, das war knapp!«, seufzte er tief.

»Puh«, seufzte auch Knut.

Da tauchte an Knuts Seitenfenster ein schicker neongrüner Turnschuh auf, ein zweiter – und Thomas ließ sich elegant vom Dach gleiten, landete geschmeidig neben dem Bus. Er klopfte ans Fenster.

»Ey, danke«, hörte man schon, als das Fenster noch nicht ganz runtergekurbelt war, »ihr habt mir das Leben gerettet.«

Stefan grinste: »Ist ja ein seltsamer Platz, um Klimmzüge zu üben. Wo ist denn deine Leiter?«

»Hab wohl die Ladys verärgert. Jetzt haben sie mir die weggenommen.« Thomas hatte beeindruckend schnell wieder zu seiner alten Form und seinem normalen Ton zurückgefunden.

»Sage ich dir nicht immer, Sohn«, dröhnte es hinter ihm, »dass man die Damen zuvorkommend und mit Respekt behandeln muss?« Das Gesicht des Bürgermeisters erschien ebenfalls am Bullyfenster. Trotzdem schien der Bürgermeister erleichtert zu sein und klatschte seinem Spross mit Wucht auf die Schulter.

»Das haben wir sogar schriftlich! Das mit dem Zuvorkommen! Hält sich nur keiner dran«, hörte man nun Albas Stimme hinter dem Bürgermeister. Sie und Linus waren aufgetaucht und auch Roman, Albert, Jonathan und Moritz versammelten sich um den Bus. Nur Lynn und Flora fehlten. Birgit hatte alle Mühe, sich durch die Meute durchzukämpfen.

»Meine lieben Freunde«, fing sie an. »Das war ja für alle hier ein ziemlicher Schrecken. Das hätte auch ganz anders ausgehen können. Wir können wohl alle eine Limo, ein Eis, einen Kaffee oder vielleicht sogar noch was Stärkeres vertragen. Ich schlage vor, wir gehen erst mal alle zu uns.«

Kapitel 15

#weltfrieden

Wenig später saß die versammelte Mannschaft wieder einmal an einem weißen Tischtuch in Knuts Esszimmer. Auf der Tafel standen Eisbecher und – Knuts schiefer Hogwarts-Pokal, die Siegertrophäe.

Alba, Lynn und Flora drängten sich zu dritt an der Kopfseite. Kurz nach Knuts spektakulärer Rettungsaktion waren Lynn und Flora wieder aufgetaucht, getrieben von ihrem schlechten Gewissen, um die Leiter zurückzubringen und Thomas zu retten. Aber dafür war es natürlich schon längst zu spät gewesen. Immerhin hatten sie sich in aller Form bei Thomas entschuldigt und bei Knut bedankt.

An der linken Längsseite des Tisches saßen die Theoretiker. Ihnen gegenüber die Thomas-Bande. Am Ende hatte der Bürgermeister Platz genommen, ein Schnapsglas in der Hand. Er musterte die Runde kritisch, während Birgit und Stefan das Geschehen bei einem Cappuccino vom Sofa aus beobachteten.

Denn trotz allem waren Linus und Alba schon wieder im Kampf- und Keifmodus.

»Du Oberblonde ohne Oberstübchen – du durftest diesen You-tube-Kanal gar nicht betreiben«, stänkerte Linus.

»Und du, du Oberstübchenhocker? Durftest du etwa? Bist du schon 13 oder hast du deinen Ausweis gefälscht? Dann hättest du besser mal auch die Geburtstagsliste unserer Klasse geändert. Da steht nämlich das richtige Datum: 30. Oktober. Erst dann wirst du 13!«

»Stopp!«, dröhnte es da. Der Bürgermeister erhob sich so schwer von seinem Stuhl, dass dieser laut übers Parkett quietschte und Knuts Katze Marie sofort einen Satz unters Sofa machte. »Worum geht es hier überhaupt? Es wird doch hoffentlich einen vernünftigen Grund haben, warum sich jemand an ein Fensterbrett hängt, sein Leben riskiert und erst in letzter Sekunde von einem beherzten und mutigen Freund gerettet werden muss?« Streng blickte er auf die verstrittenen Lager vor sich.

Alba und Linus hielten inne. Keiner von beiden schien darauf eine vernünftige Antwort geben zu können. Und Thomas, der dritte Möchtegernchef der Runde, untersuchte seine Handinnenflächen, die immer noch rot und geschwollen waren.

Und so fühlte sich Knut, Schiedsrichter Knut, dazu berufen, die Sache zu erklären.

»Wir haben eine Challenge gemacht«, begann er. »Die Mädchen«, er deutete auf Alba, »die Theoretiker«, er deutete zu Linus, Albert und Roman, »und Ihr Sohn mit seinen Freunden.«

Der Bürgermeister nickte. »Wir wollten Spenden sammeln für Ihr Austauschprojekt. Wer hinterher am Ende das meiste Geld hat, darf auf die Reise und als Jugend-Dingsda unsere Gemeinde respektieren.«

»... als Jugendvertreter unsere Gemeinde repräsentieren ...«, verbesserte ihn der Bürgermeister.

»Genau das! Der allerbeste Spendensammler jedenfalls kriegt die Reise und den Pokal da!« Knut deutete auf das Pappmaché-Ungetüm. Der strenge Zug um den Mund des Bürgermeisters löste sich augenblicklich in ein Lächeln auf. Irgendwas an dieser Geschichte gefiel ihm wohl.

»Ah so? Und du wolltest also deinen Austauschplatz spenden, Thomas? Als Anreiz für einen guten Zweck?«

Sicherheitshalber antwortete Thomas nicht, sondern rieb stattdessen seine geröteten Handinnenflächen aneinander.

»Wir haben alle versucht, möglichst schnell Geld zu machen. Damit man möglichst viel spenden kann.«

»Ah so«, brummte der Bürgermeister und blickte wieder seinen Sohn an. »Kann das sein, dass dieser ganze verkorkste Süßigkeitenhandel damit zu tun hat?«

Thomas sah nicht von seiner Hand auf, aber man konnte so etwas wie ein angedeutetes Nicken erkennen.

»Ah so. Verstehe. Dennoch, auch wenn's für einen guten Zweck war, mein Freund, Steuern muss man immer zahlen. Das ist nun mal Gesetz!«, sagte Breitstetter und wandte sich dann an Alba und ihre Freundinnen: »Und ihr? Was habt ihr angestellt?«

»Wir haben einen Youtube-Kanal gestartet«, sagte Alba, »um mit Werbung Geld zu verdienen.«

»Bist *du* denn schon alt genug dafür?« Oha, der Bürgermeister schien sich auszukennen. Knut war ganz überrascht.

»Ja, bin ich«, antwortete Alba pflichtschuldig.

»Aber«, krähte Albert dazwischen, »unsere Eltern erlauben uns kein Youtube. Sie hätte also gar nix starten dürfen! Selbst wenn sie alt genug ist für einen Youtube-Kanal.«

»Das sagst du ja nur, weil *ihr*«, Alba deutete auf Linus, »einen Kanal gestartet habt, *obwohl* ihr zu jung seid! Das ist genauso wenig erlaubt!«

Schon wollten die Kampfhähne Linus und Alba ihr Gezänk von Neuem aufnehmen, als der Bürgermeister dazwischenging: »Also, wenn ich euch richtig verstanden habe, hat keiner von euch etwas gemacht, was wirklich astrein war. Also hundertprozentig erlaubt, steuerlich einwandfrei und den Regeln entsprechend.«

»Ja, aber ...«, wollte Linus widersprechen, doch der Bürgermeister schnitt ihm das Wort ab: »Und, meine Damen und meine Herren, was tun wir jetzt? Wie sollen wir den Streit jetzt lösen? Haben wir irgendwelche Vorschläge?«

Stille. Außer einem kleinen zaghaften Miauen unter dem Sofa kam keine Antwort.

»Einer von euch muss uns aber jetzt sagen, wer der Sieger ist. Irgendwelche Vorschläge?«

Jeder wusste es, auch Knut: In Situationen, in denen man unter keinen Umständen etwas sagen will, sollte man nicht aufsehen, sollte man sich lieber bedeckt halten. Nur Lynn hatte die goldene Regel wohl verges- sen – sie blickte dem Bürger- meister direkt ins Gesicht.

»Ja?«

»Ähm ... also ... ich ... ich rufe den Schiedsrichter an!«

Elf Augenpaare richteten sich auf Knut, der augenblicklich so rot anlief wie Romans Brille. Er räusperte sich und fing mit dem Erstbesten an, was ihm in den Kopf schoss: »Also ... vielleicht können wir ja einfach mal alles zusammenrechnen? Wie viel Geld ist denn überhaupt reingekommen?«

Jetzt kam Leben in Thomas, der sich bisher zurückgehalten hatte. »74,20 Euro«, sagte er. »Unser Umsatz war größer, aber wir mussten ja noch Steuern abführen und dann die ganzen Süßigkeiten abrechnen, die wir nicht mehr verkaufen durften«, seufzte er mit einem grimmigen Seitenblick zu seinem Vater. Bürgermeister Breitstetter ignorierte den Einwurf.

»Und du?«, fragte Knut Alba. Sie war zwar immer noch ordentlich verstrubbelt, und am Ohr hatte sie einen pinkfarbenen Streifen Schminke, aber Knut fand gerade, dass sie großartig aussah. Irgendwie wieder ganz die alte Alba, die nette, der Kumpel zum Pfannkuchenbacken und Brote stehlen. Als wäre alles Boshafte, was sie in den vergangenen Wochen getrieben hatte, nur ein Fluch gewesen, der sich aus unerklärlichen Gründen auf sie gelegt hatte. Und jetzt, da der Fluch vorbei war, wirkte sie ziemlich unsicher. Sie drehte an einer ihrer langen blonden Locken.

»Weiß nicht genau, was ich verdient habe«, antwortete sie ausweichend, »habe nicht geschaut. Ehrlich gesagt wusste ich nicht, wo man das nachguckt bei Youtube, wie viel Werbegeld zusammengekommen ist ...« Den letzten Satz sagte sie so leise, dass sogar Knut, der ganz nah bei ihr saß, ihn kaum verstand.

»Sollen wir mal gucken? Wir können dir zeigen, wo man das

macht«, mischte sich Stefan ein, der die Szenerie bisher nur amüsiert beobachtet hatte.

»Ja, bitte!« Knut musste grinsen. Sein Papa, der Lebensretter und coole Busfahrer, war der weltbeste Technik-Checker des ganzen Planeten. Der Weltherrscher der Technik. Da konnte jeder Bürgermeister einpacken. In der Tat, nach einer Handvoll gezielter Klicks auf Knuts Tablet hatte Stefan die richtige Seite aufgerufen.

»So, Alba«, sagte er, »jetzt musst du mir nur noch deine Kontodaten für das Werbe-Abrechnungssystem sagen.«

Alba sah ihn an wie ein Auto.

»Deine Kontodaten?«, eilte Knut ihr zu Hilfe. Zwecklos, Albas Blick wechselte von besonders verständnislos zu geradezu dumm. Sie zuckte vorsichtig mit den Achseln. »Welches Konto?«

»Na, Linus, dann sag du ihr mal, was man machen muss, um die Werbung auf einem Youtube-Kanal abzurechnen.« Stefan war hinter den Chef-Theoretiker getreten und legte das Tablet vor ihn auf den Tisch.

Und da passierte etwas, was Knut niemals für möglich gehalten hätte: Auch Linus machte ein verständnisloses Gesicht. Genau genommen guckte er mindestens ebenso dumm aus der Wäsche wie Alba. Fast wollte es Knut erscheinen, als hätten die beiden eine Challenge im Fremdschämen angefangen.

Mehrere lange Sekunden dauerte es, bis Linus sich gefangen hatte. »Ähm ... ich weiß auch nicht, wie das ... gehen soll. Ich dachte, das funktioniert automatisch. Irgendwann muss man es irgendwo abrufen und dann bekommt man das Geld! Ist es nicht so?«

Fast wäre Knut in den Boden versunken. Wie konnte sein superschlauer Linus nur eine solch riesengroße Wissenslücke offenbaren? Sonst recherchierte er doch auch immer alles besonders gründlich. Und ausgerechnet beim wesentlichen Teil seines Plans hatte er sich auf eine reine Vermutung verlassen?!? Dabei wusste doch sogar Knut, wie man das anstellen musste, damit man Werbung bei Youtube abrechnen konnte.

»Du musst aber erst ein Konto einrichten, über das die Klicks abgerechnet werden«, sagte er. »Erst dann verdienst du Geld.«

Linus nickte belämmert, und Alba guckte immer noch wie ein Auto, aber nur noch wie ein halbdummes.

»Okay!«, sagte sie.

»Und dazu muss man aber nicht mindestens 13, sondern mindestens 18 Jahre alt sein«, ergänzte Stefan. »Bei euch müssten also eure Eltern das Konto anlegen.«

Linus blickte zu Alba, Alba blickte zu Linus. Dann sagte sie: »Das hätte mir meine Mutter niemals erlaubt. Ich darf ja nicht mal Youtube anschauen!«

Auch Linus winkte ab: »Ich glaub auch nicht, dass ich das dürfte – ein Konto eröffnen und so.«

Jetzt war es an Knut, verblüfft zu schauen. Das hätte er nicht gedacht.

»*Wir* haben eins eingerichtet«, sagte er schließlich, als sei es das Normalste der Welt. »Stefan und ich haben eins für mich eingerichtet. Wollt ihr mal sehen?«

Mit drei Klicks und einer Passwortangabe hatte Stefan für Knut schon das nötige Feld aufgerufen. »Unser aktueller Umsatzbericht zeigt an: Einnahmen von 295,16 Euro«, sagte Knuts Papa. »Es dürften aber noch ein paar Euros mehr sein, denn die Angaben sind immer nur vom Vortag.«

Diese Bemerkung schien endlich auch mal Thomas und seine Kumpels aufzurütteln, die das Schauspiel bislang unbeteiligt verfolgt hatten. In der Tat hatte Thomas die ganze Zeit schadenfroh und überlegen gegrinst. Jetzt da klar war, dass Linus und Alba keinerlei Einnahmen mit ihren Video-Kanälen erreicht hatten, witterte er wohl Morgenluft. Denn rein rechnerisch hatte er mit seinem verbotenen Süßigkeiten-Handel im Vergleich das meiste Geld eingenommen.

»Aber das zählt ja nicht!«, rief er wohl deshalb hektisch dazwischen. »Knuts Geld zählt ja nicht. Der hat ja gar nicht mitgemacht bei unserer Challenge. WIR haben gewonnen! Ich bin der rechtmäßige Jugendvertreter dieser Gemeinde. Und wir bekommen den Siegerpokal.« Schon streckte er seine Hand nach dem Papppokal auf dem Tisch aus.

Aber die Stimme seines Vaters stoppte ihn: »Moment mal. Nicht so voreilig«, donnerte der Bürgermeister, und Thomas' Hand zuckte zurück. »Es ist immer noch meine Entscheidung, wen ich als Jugendvertreter zu den Brasilianern schicke. Und nachdem ihr ohne Rücksprache mit mir beschlossen habt, dass ihr das hier unter euch austragen könnt, muss ich als Vertreter der Gemeinde in diesem Wettbewerb wenigstens für Fairness sorgen.«

»Aber du hast versprochen...« Weiter kam Thomas nicht.

»Dann möchte ich wenigstens sehen, womit der junge Mann hier und seine

Familie ...« Der Bürgermeister strahlte Birgit an. Uff. »... ihr Geld auf Youtube verdient haben.« Birgit verzog keine Miene, fischte nur Marie vom Boden und hob das Kätzchen auf ihren Schoß.

»Na, mit ihr!«, sagte sie, während Knut auf seinem Tablet seinen Youtube-Kanal aufrief. Und dann spielte er das erste und einzige Video darin ab.

»Wie man wirklich und todsicher die Weltherrschaft gewinnt« hatte Knut den Channel benannt, der gerade mal eine Woche alt war. Für sein Video hatte er Marie gefilmt. Eigentlich hatte er mit der Filmerei nur so zum Spaß angefangen, weil sich Marie immer so putzig anstellte, wenn sie im Haus die Welt erkundete. Das hatte Knut einfach nur festhalten wollen und seine Katze auf ihren Streifzügen mit seiner Tablet-Kamera verfolgt. Sie war in einen Kochtopf gefallen, hatte Kämpfe mit Knuts Teddy ausgeführt, hatte sich einmal quer durch Birgits Wollknäuel-Sammlung ge-kämpft, sich dabei heillos verheddert und sogar eine »Maus« er-beutet.

Nur, dass es keine echte Maus war – sondern etwas Kleines, etwas Grünes. Ein Origami-Männchen, eine gefaltete Version von *Yoda*, dem Yedi-Meister. Erst hatte Marie *Yoda* gejagt, ihm dann den Kopf abgebissen und schließlich hing ihr der ganze Held in grünen Papierfetzen um die Schnauze.

»Der *Yoda* ist ja von mir! Den habe ich gefaltet!«, hörte man Roman dazwischenrufen.

Doch da war schon der Schnitt auf die nächste Szene zu sehen: In Großaufnahme sah man ein Männchen, das Knut auf den Tep-pich gestellt hatte. Wenn man ganz genau hinsah, konnte man auf der Brust des Origami-Männchens einen Schriftzug erkennen: »Monstrius soror alba«. Aber das mochte nur der verstehen, den es anging. Albert, der direkt hinter Knut stand, kicherte wissend und knuffte ihn leicht. Und Roman raunte: »Ach, dafür hast du meine ganzen Figuren gebraucht …«

Das Monster, das Knut giftgrün angemalt hatte, war an einem Kochlöffel befestigt, den eine Hand im Video bewegte. Jetzt, da das Monster scheinbar lebendig war, war sofort Maries Jagdinstinkt geweckt. Sie ruhte nicht eher, bis sie auch dieses Monster erlegt und völlig zerfetzt hatte. Es folgten weitere Kämpfe, unter anderen mit *Capt'n America*, *Super-* und *Spider-*, *Bat-* und *Iron Man*, mit einem schwarzen Männchen, auf das Knut »Volldermord« geschrieben hatte, und natürlich *Darth Vader*.

Damit Marie auch wirklich jedes Mal auf ihre lustige Beute losging, hatte Knut sich ziemlich viel einfallen lassen, um Bewegung in die Figuren zu bekommen. Er hatte *Superman* mit einem Bindfaden von der Decke baumeln lassen, *Iron Man* an ein Aufziehauto gebunden, *Spider-Man* am Playmo-Kran nach oben gekurbelt und Batman in ein schwarzes Lego-Auto gesetzt, das ganz entfernt vielleicht an ein Batmobil erinnerte. Das hatte er einmal quer übers Parkett geschubst, damit Marie ihre Krallen danach ausfuhr. Marie bekämpfte *Harry Potter*, den Knut auf einen Besen getackert hatte. *Thor* hatte er an einen großen Hammer aus Stefans Werkzeugkeller geklebt und »Volldermord« ans Ende einer Häkelschlange gepinnt, die er provozierend übers Parkett zog. Überall war der Effekt derselbe: Marie fuhr zornig ihre Tatzen aus, krallte sich den Pappkameraden und machte kurzen Prozess. Binnen kürzester Zeit hatte sie alle ihre Feinde in tausend kleine Papierfetzen zerrissen.

Nur die Häkelschlange erwies sich als ein zäherer Gegner, weil sich Marie mit ihren Krallen in der Wolle verfing und sich erst daraus freikämpfen musste. Aber schlussendlich gewann sie auch diese Schlacht, und die letzte Einstellung zeigte, wie sie mit der Schlange im Maul das Zimmer verließ, das wehrlose Stück Stoff als Beute hinter sich herziehend.

Sosehr das Publikum gerade auch noch gelacht hatte, sosehr Flora und Lynn sich gegenseitig mit einem »Ist-die-süüüüß« überboten hatten, sosehr Jonathan und Moritz die hilflosen Papierhelden angefeuert hatten, umso stiller war es, als das Video endete. Nicht mal Thomas traute sich zu stänkern. Selbst Linus fiel keine schlaue Bemerkung ein.

»Nun«, sagte irgendwann der Bürgermeister, als die Stille fast schon unerträglich wurde. »Würdet ihr sagen, das war ein würdiger Beitrag zu eurer Challenge?«

Weder Linus noch Thomas trauten sich das abzustreiten.

Alba übernahm das Wort: »Ich würde sagen: Ja. Knut hat gewonnen. Er hat von uns allen die allermeisten Klicks eingesammelt – ganz schön viele übrigens, 209.000! Respekt! Und Knut hat das meiste Spendengeld eingenommen.«

»Und er hatte als Einziger die Erlaubnis seiner Eltern!«, übernahm noch einmal der Bürgermeister. »So, dann ist es entschieden, damit fährt Knut nach Brasilien. Natürlich in Begleitung seiner charmanten Mutter ...« Der Bürgermeister grinste noch einmal dämlich zu Birgit rüber. Am liebsten hätte Knut diesem aufgeblasenen Politiker einmal gegen das Schienbein getreten.

»Und der Pokal? Welche Mannschaft bekommt jetzt den Pokal?« Thomas war aufgesprungen. Lynn am Kopfende auch. »Ja, eben! Knut war ja Schiedsrichter. Der gehört zu keiner Mannschaft!«

»Selbstverständlich wird er sich für uns entscheiden«, sagte Linus, der sich nun auch erhob. »Wir sind seine besten Freunde. Von uns stammen die Requisiten. Und allein dass er das Thema ›Weltherrschaft‹ gewählt hat, zeigt ja, wie überlegen die Idee der Theoretiker war …« Zur Bestätigung seiner These legte er mit staatsmännischer Geste den Arm um Knuts Schulter.

»Aber damit wärt ihr zu viert und wir jeder nur zu dritt. Wenn ihr gewinnt, dann fechten wir die Wahl an. Dann fordern wir gleich wieder eine neue Challenge!«, drohte Lynn.

»Jawoll, ihr Hirnis! Dann wollen wir mal sehen, wer hier das Zeug zur Chefmannschaft hat!« Thomas verschränkte entschlossen die Arme. »Wir fordern Neuwahlen!«

Linus ätzte zurück: »Er wird sich schon richtig entscheiden, unser Knut.«

Knut, der noch kein einziges Wort gesprochen hatte, war der ganze Rummel um seine Person eher unheimlich. Das Video mit Marie war mehr so aus einer Laune heraus entstanden, ein kleines Papa-Sohn-Projekt. Ohne Stefan, der die Videos geschnitten und hochgeladen hatte, hätte Knut sowieso kein eigenes Ding drehen können. Dass sie gleich zu Anfang so viele Klicks eingesammelt hatten, musste daran liegen, dass Stefan bei seinen Freunden überall dafür Werbung gemacht hatte, und die dann wieder bei ihren Freunden und so weiter.

Außerdem war Knut überzeugt: Wenn nicht Marie so süß und niedlich gewesen wäre, dann hätte man bestimmt nicht so ein lustiges Video machen können. Und dann hatte er ja auch noch Linus', Alberts und Romans Ideen geklaut.

Also alles in allem: Er fühlte sich für seinen Erfolg überhaupt nicht verantwortlich. Und dass er dafür die Lorbeeren bekommen sollte, erschien ihm deshalb nicht angebracht.

Am liebsten hätte Knut sich weggeduckt. Er mochte sich nicht für den einen und nicht für den anderen entscheiden. Für die Theoretiker nicht, selbst wenn er einer von ihnen war und Linus sein schlauester Freund. Für Alba und die Mädchen auch nicht, sosehr er Alba auch wieder ins Herz geschlossen hatte. Und dem eingebildeten Fatzke Thomas konnte er seinen Pokal nun am allerwenigsten in die Hand drücken. Es war eine Zwickmühle! Oder auch nicht ...

»Ich habe keinen Bock mehr auf diesen Scheißkrieg«, sagte Knut, erst zaghaft und dann mit immer festerer Stimme, »euren Scheißkrieg! Wie lange schon wollen wir nichts anderes als Frieden und in Ruhe gelassen werden? Wir können genauso gut friedlich nebeneinanderher leben. Jeder für sich. Ohne Chefmannschaft. *Ohne Weltherrscher.*«

Die Antwort wartete Knut gar nicht erst ab. Er stieg auf den Tisch, auf das weiße Tischtuch. Unter den Augen von zwölf Versammelten. Mit Schwung hob er den Pokal hoch und hielt ihn so weit über Kopf, wie es die Zimmerdecke zuließ.

»So«, sagte er. »Hiermit behalte ich dieses Ding für mich. Und erkläre als von allen gewählter Schiedsrichter und Gewinner dieser Challenge den Krieg ein für alle Mal für beendet. Basta!«

www.theoretikerclub.de/blog/dokumentation
Beitrag von Linus, 30.10., 22:33
»Der Masterplan für die Weltherrschaft
Teil 6: Traue keinem Frieden«
Requisiten: 1 Drehstuhl, Marie
Technik: Kamera, Selfiestick oder Stativ
Trailer
»Meine lieben Freunde der Weltherrschaft. Dies wird die persönlichste aller Lektionen, mit denen ich euch in der letzten Zeit begleitet habe. In meiner kurzen Erfahrung im Kampf um die Weltherrschaft habe ich nicht nur theoretische, sondern auch praktische Einblicke bekommen, mit welchen Tücken, Problemen und Rückschlägen ein künftiger Weltherrscher zu kämpfen hat.

Glaubt mir, es wird Zeiten geben, wo euch eure Feinde überlegen scheinen, wo ihr meint, ihr hättet alles verloren, das Schicksal hätte sich gegen euch gewandt. Vielleicht seid ihr sogar gezwungen, einen trügerischen Frieden einzugehen. Aber auch wenn euch die Bedingungen dieses Friedens nicht schmecken mögen, so ist dieser Frieden gleichzeitig auch euer größter Schutz. Der *Imperator* hat in Friedenszeiten seinen Todesstern gebaut, *Lord Voldemort* konnte wieder erstarken, als Frieden herrschte, und mein

Lieblingsschurke *Blofeld* konnte seine Weltherrschaftsorgani-
sation *Spectre* weiter ausbauen, als sich niemand mehr um
ihn scherte.«

((Ich drehe mich mit der Katze auf dem Arm um und kraule
sie, wie *Blofeld* seine Katze krault.))

»Denn so ein Frieden verschafft euch Zeit. Wertvolle Zeit, um
unbemerkt einen neuen Plan zu schmieden. Einen neuen,
einen epischen, einen unfehlbaren Plan auf dem Weg zur
Weltherrschaft …«

– E N D E –

© Random House/Volker Rebhan

Anja Janotta, geboren 1970, verbrachte ihre Kindheit in Saudi Arabien und Algerien und wusste bereits früh, dass sie Kinderbuchautorin werden wollte. In München studierte sie zunächst Diplom-Journalistik und arbeitet heute als Online-Redakteurin. Ihre Bücher »Linkslesestärke«, »Linkslesemut« und »Der Theoretikerclub« wurden begeistert von der Presse aufgenommen. Anja Janotta lebt mit ihrer Familie an einem See in Oberbayern. Mehr über die Autorin auf www.theoretikerclub.de und www.linkslese-staerke.de

© privat

Vera Schmidt studierte Kommunikationsdesign in Augsburg und arbeitete anschließend in einer großen Werbeagentur in Frankfurt a. M. Dann folgte sie ihrem Herzen und machte sich 2004 als Illustratorin selbstständig. Sie liebt es, Ideen und Geschichten in Bilder zu verwandeln, Charaktere und neue Welten zu erschaffen und erfreut sich an wunderschönen, schrägen kleinen Dingen und Situationen. Ihre Illustrationen wurden in Kinderbüchern, Schulbüchern, Kalendern, auf Webseiten und vielem mehr veröffentlicht.

Anja Janotta
Der Theoretikerclub

ca. 250 Seiten, ISBN 978-3-570-16435-8

Der Theoretikerclub: So nennen sich die drei Obernerds Linus, Roman und Albert. Sie können einfach alles – theoretisch. In ihrem Blog fachsimpeln die drei Superhirne auf höchstem Niveau, in der Praxis jedoch scheitern sie täglich an den Widrigkeiten des Daseins: ausgekochte Zwillingsschwestern, Helikopter-Mütter, Kummer mit der Herzensdame … Ohne den praktisch begabten kleinen Knut, der gnadenhalber auch zum erlauchten Kreis zählt, wären die Herren Professoren verloren. Erst recht, als eine Bande missgünstiger Nachbarjungs frontal angreift. Die Theoretiker müssen sich wehren! Aber wie – ohne praktische Fähigkeiten?

www.cbt-buecher.de

60058

Anja Janotta
Linkslesestärke oder
Die Sache mit den Borten und Wuchstaben

ca. 240 Seiten, ISBN 978-3-570-16339-9

Wer so virtuos Wörter verdreht wie Mira Kurz, der hat ganz klar: Linkslesestärke! Nur Namen kann sie sich nicht merken. Gar nicht. Bei Mira heißen andere Kinder „die Fiese", „die Schüchterne" oder „längster Freund". Peinlich. Als nebenan ein Mädchen mit himmelblauen Augen einzieht, hofft Mira, dass sie beste Freundinnen werden. Doch dann läuft alles schief. Mira versagt kläglich beim doofen Namen-Merkspiel in der Schule, „die Fiese" schnappt ihr die zukünftige beste Freundin vor der Nase weg und nimmt Mira danach übel in die Zange. Schärfste Gegenwehr ist angesagt! In letzter Sekunde zeigt sich, dass mehr Kinder zu Mira halten, als sie dachte. Und dass Namen merken gar nicht so schwer ist.

www.cbt-buecher.de

60014

Anja Janotta
Linkslesemut
oder Die Sache mit dem Versiebtlein

ca. 240 Seiten, ISBN 978-3-570-16340-5

Mira wundert sich: Während ihre Freunde alle liebesverwirrt sind, bewahrt sie mit indischem Weisheitspunkt auf der Stirn einen kühlen Kopf. Unter dem Namen Dr. Ku, der Kummerkastentante bei der Schülerzeitung, erteilt sie in komm-bläh-zierten Verliebungsfällen sogar weisen Rat. Trotzdem, die Liebe ist nichts für sie. Als jedoch die strenge Reck-Tor-in Miras Schülerzeitungs-Artikel zum Thema Regeln verbieten will, setzt sich einer ganz besonders mutig für Mira ein: M...aurice, der Maulaufreißer ...

www.cbt-buecher.de